텀블러 장편소설

FUSION FANTASTIC STORY

현대 천마록 4

텀블러 장편소설

초판 1쇄 찍은 날 § 2016년 9월 29일
초판 1쇄 펴낸 날 § 2016년 10월 6일

지은이 § 텀블러
펴낸이 § 서경석

편집책임 § 최지원

펴낸곳 § 도서출판 청어람
등록번호 § 제387-1999-000006호
등록일자 § 1999. 5. 31
어람번호 § 제1-2534호

주소 § 경기도 부천시 원미구 부일로 483번길 40 서경B/D 3F (우) 14640
전화 § 032-656-4452 팩스 § 032-656-4453
http://www.chungeoram.com
E-mail §chungeorambook@daum.net

ISBN 979-11-04-90984-9 04810
ISBN 979-11-04-90912-2 (세트)

텀블러 장편소설

FUSION FANTASTIC STORY

현대 천마록

4

도서출판 청어람

차례

C O N T E N T S

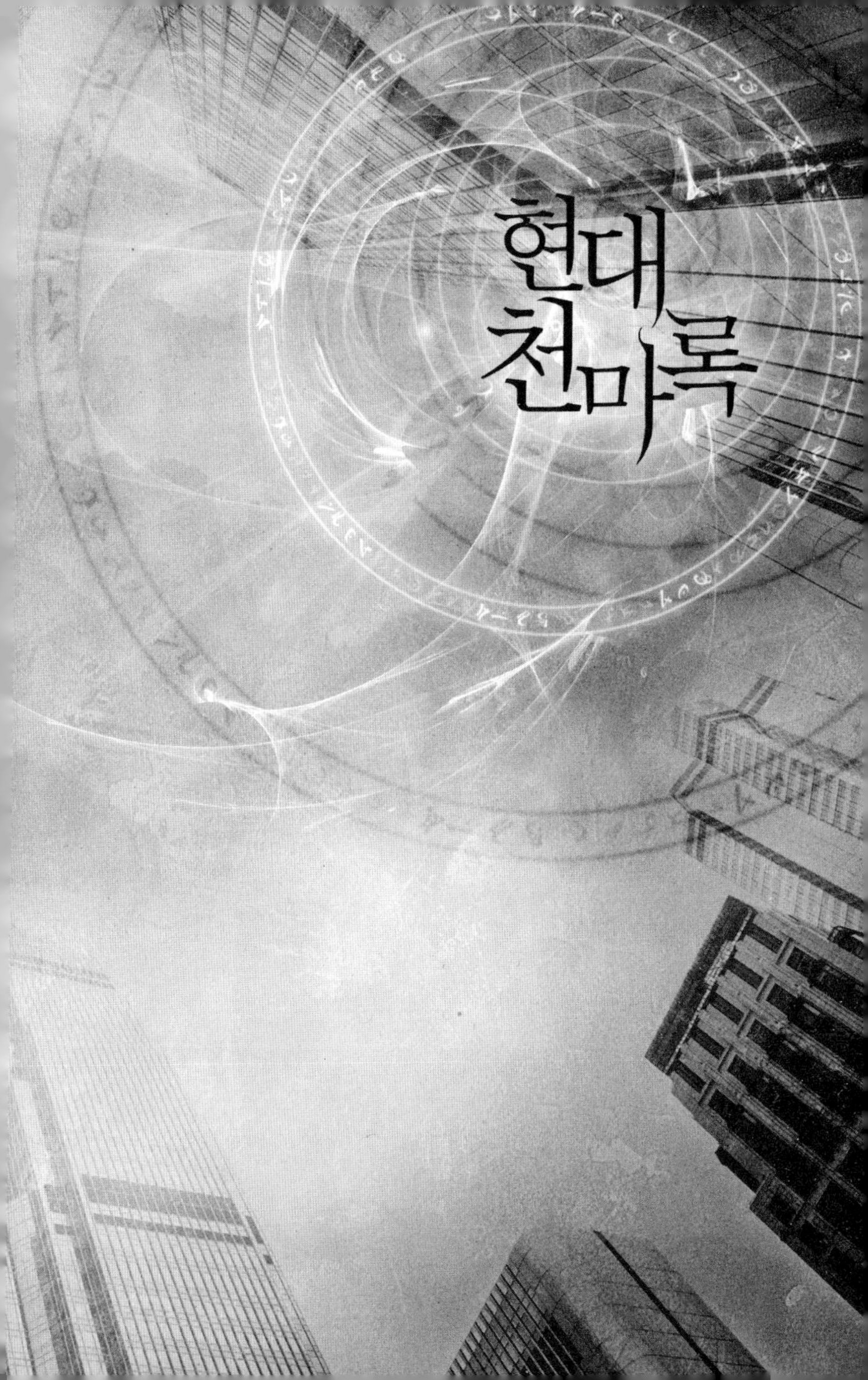
현대
천마록

제1장
혼돈

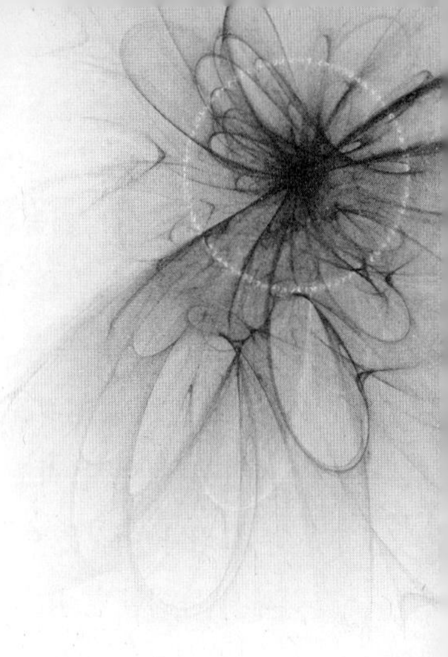

중국 백리협 식양 서식지 야차 중대 작전지역 포인트명 DB에 날카로운 바람이 불어오고 있다.

쐐에에에에엥!

야차 중대는 몸길이 80미터가 넘는 초대형 몬스터를 피해 계속해서 전술 차량을 달리고 있었다.

황문식 상사는 전술 차량의 엔진이 이제 곧 한계점에 도달할 것이라고 경고하였다.

"대장님, 사방에서 바람이 불어대는 탓에 전술 차량이 앞으로 나가지 못하고 있습니다!"

"…빌어먹을, 저놈은 도대체 어디서 나타난 놈이기에 이렇게 무지막지한 능력을 가지고 있는 거야?!"

정체불명의 이 몬스터는 숨결 한 번에 산을 가볍게 날려 버릴 수 있는 파괴력을 가지고 있으며 비와 바람을 마음대로 조종할 수 있는 능력도 있었다.

그러나 이것은 아직까지 드러난 일부분에 불과할 뿐, 계속해서 특이한 능력들이 속속 등장하는 중이다.

쿠그그그그그!

야차 중대의 앞에 갑자기 거대한 고봉이 솟아올랐다.

쿠오오오오오!

"시, 식양?!"

"저놈, 아무래도 식양을 하수인처럼 부리는 모양입니다. 어쩌면 자신의 일부분이 식양일 수도 있고요."

지금까지 야차 중대가 잡아 죽인 몬스터의 종류만 무려 4,500여 종이 넘지만 식양을 하수인으로 부리는 종은 없었다.

아마 지금 저 몬스터의 등급을 따지자면 새로운 등급을 몇 개 더 만들어야 할지도 몰랐다.

화수는 자신의 앞을 막아선 식양을 정면으로 돌파하기로 했다.

"해치를 열어!"

"대, 대장님?"

"지금 당장 식양을 돌파하지 못하면 우리는 다 죽는다! 어서 열어!"

"예, 알겠습니다!"

화수가 해치를 열고 나가자 김태하 중사가 곧바로 플라즈마 탄환을 챙겼다.

"대장님, 길을 열어주시면 제가 한 방 제대로 쏴보겠습니다!"

"고맙네."

차량 밖으로 나간 태하가 등에서 검을 뽑아 들었다.

스릉!

그는 천마신검을 전개하여 식양의 몸통을 절반으로 가르기로 했다.

"천마신검, 일월섬!"

반월 형태의 검기가 화수의 손을 타고 전방으로 쏘아져 나갔다.

쐐에에에에엥!

화수의 검기는 바람을 찢으며 날아가 식양의 몸통을 정확하게 양분해 버렸다.

서걱!

그는 방패를 들어 김태하의 앞을 막아섰다.

"김 중사, 지금이야!"

—예, 대장님!

철컥!

플라즈마 탄을 장전한 김태하 중사가 아주 신중하게 방아쇠를 당겼다.

피융!

탄환이 날아감과 동시에 바로 재장전을 하던 그의 뒤로 날카로운 비수가 날아들었다.

퍼억!

"크허억!"

"김태하 중사!"

"허억, 허억!"

비수는 그의 오른쪽 가슴을 뚫고 들어가 관통하였고, 사방으로 선혈이 튀어 올랐다.

푸하아아악!

플라즈마 탄이 식양의 심장에 적중하긴 했지만 저격수가 몬스터의 바늘에 맞아 심각한 타격을 입었으니 야차 중대로선 엄청난 손해라고 볼 수 있었다.

화수는 일단 사람을 살리기 위해 해치를 열고 다시 들어갔다.

"해치 열어!"

—예, 대장님!

철컹!

해치를 열자마자 김예린 대위와 백성희 중사가 마중을 나왔다.

백성희는 들것에 그를 천천히 눕혔다.

“천천히, 살살 놓아요.”

“알겠어.”

“쿨럭, 쿨럭!”

“김태하 중사, 괜찮나?! 정신 좀 차려봐!”

“…이깟 상처로 죽을 것 같았으면 진즉에 죽었을 겁니다.”

화수는 실소를 흘렸다.

“다 죽어가면서도 끝까지 앓는 소리는 안 하는군.”

“…그게 우리 야차 중대의 프라이드 아닙니까?”

“그래, 맞아. 자네의 말이 맞다.”

백성희는 차가 좌우로 심하게 흔들리는 상황에서도 침착하게 혈관을 확보하고 약물을 투여하였다.

“조금만 참아.”

“…알겠어.”

그녀는 그의 가슴에 난 상처를 지혈함과 동시에 몇 가지 약물을 투입하여 독성을 억제하고 출혈을 멎게 하였다.

백성희는 일단 응급처치를 모두 다 해놓은 후 김예린에게 수술에 대한 얘기를 꺼내었다.

“부중대장님, 아무래도 수술이 필요할 것 같습니다.”

“그래, 내 생각에도 그렇다. 수술 도구를 준비하고 지금 당장 응급수술에 들어가자고.”

“예.”

김예린은 중대원 전원에게 말했다.

“사주경계를 하는 사람들을 제외한 인력은 죄다 달라붙어! 대장님, 뒤를 부탁합니다!”

“걱정하지 마!”

화수는 김재성 중사와 함께 해치를 열고 나갔다.

“김재성 중사는 중기관총을 잡고 내가 그 앞을 엄호한다! 함께 길을 뚫어보자고!”

“예!”

식양이 사라진 후에도 고블린과 오크들이 떼로 몰려들어 전술 차량의 앞을 막아서고 있었으니 더 이상 앞으로 나가는 것은 무리였다.

화수는 중기관총으로 적들을 쓸어버리면서 강행 돌파를 시도하기로 했다.

기관총좌 앞에 있는 방어 포지션 렉에 앉은 화수는 티타늄 방패와 K-40 샷건으로 무장하였다.

철컥!

“달려드는 놈들은 내가, 멀리 있는 적은 자네가!”

“예!”

화수는 마치 개미처럼 몰려드는 오크와 고블린들에게 산탄총을 선물하였다.

“이거나 먹어라!”

네이팜탄을 장착한 화수는 그것을 고블린들에게 사정없이 퍼부었다.

콰앙, 콰앙!

화르르르르르륵!

끄이에에엥!

녹색 피부에 잔뜩 일그러진 얼굴을 가진 고블린은 오크보다 뛰어난 지능을 가지고 있어 꽤 정교한 무기를 다룰 수 있다.

놈들은 화수에게 화살을 날리며 반격을 꾀하였다.

핑핑!

“이놈들, 장궁을 쓰는구나! 저런 물건은 또 어디서 났기에…….”

김재성은 화수에게 화살을 쏘아대는 고블린들에게 중기관총으로 응수하였다.

두두두두두두!

묵직한 중기관총이 고블린의 궁수 진지를 타격하자 하나둘 진지가 무너져 내리기 시작하였다.

퍽퍽퍽!

끄헥, 끄헥!

"진지를 파괴하였습니다!"

"좋아, 놈들의 보병들을 제압하면서 나가자고!"

"예!"

두 사람이 순조롭게 작전을 진행하고 있는 찰나, 생각지도 못한 공격이 전술 차량을 강타하였다.

휘이이이이잉!

갑자기 땅바닥에서부터 일어난 소용돌이가 주변의 모래와 자갈, 바윗덩이 등을 머금고 전술 차량을 덮쳐왔다.

끼기기기기긱, 콰앙!

"으윽!"

"…이런 빌어먹을! 이건 또 뭐야?!"

"저 덩치의 작품인 모양입니다! 이대로 가만히 있다간 우리 모두 죽습니다! 차라리 전술 차량을 버리고 나가시지요!"

화수는 잠시 고개를 내려 안의 상황을 살펴보았다.

삐빅, 삐빅—

"석션!"

츠츠츠츠츠츠츠!

"상처 부위가 너무 큽니다! 안에서 복합 골절이 일어난 것 같아요!"

"제기랄, 지금 봉합한다고 해도 심장으로 가는 정맥이 끊어져서 얼마 버티지 못할 거야!"

"정맥주사를 놓고 혈관을 봉합하면 안 됩니까?!"

"안 돼! 그랬다가 혈압이 떨어지면 중사가 죽는다!"

"…젠장!"

"일단 석션으로 최대한 시간을 벌면서 혈관을 봉합한다!"

"만약 놓친 혈관이 있다면……."

"신에게 맡기는 수밖에!"

화수는 차량 안의 상황도 그다지 좋지는 않다고 판단하였다.

'김태하 중사를 살리자면 이곳에서 나가선 절대로 안 된다. 그렇지만 그 한 명을 살리자고 모두를 버릴 수도 없는데…….'

단 1초의 망설임도 허락되지 않는 전장에서 중대장으로서의 역할은 심각한 뇌민을 몰고 온다.

그는 결국 자신이 이 사태를 해결하기로 했다.

"저놈의 눈알을 한 방 쳐줘야겠다!"

"예?!?"

"김재성 중사, 엄호해!"

"뭘 어쩌실 작정입니까?!"

"죽기 아니면 까무러치기다! 내가 저놈의 눈알을 쳐서 시선을 돌려야겠어!"

"아, 안 됩니다! 그랬다간……."

"시간이 없어! 김재성 중사, 명령이다! 엄호해!"

김재성은 이를 악물었다.

철컥!

"이런 씨발, 다 죽어라!"

두두두두두두!

김재성이 흔들리는 기관총좌에서 가까스로 사격선을 잡아 놈의 콧잔등에 총알을 날려댔다.

하지만 총알은 놈의 눈앞에서 튕겨 나가 화력의 집중도가 심각하게 떨어져 버렸다.

화수는 놈의 시선을 분산시킨 것만으로도 충분히 시간을 벌었다고 생각했다.

'검강으론 안 된다. 그렇다고 권강으로도 안 된다. 그렇다면 내가권으로 놈을 족치는 수밖에!'

그는 전생에 무당파 장문에게서 빼앗은 천권칠풍을 전개하기 시작했다.

쿵!

전술 차량에서 내려 땅바닥에 발을 파묻은 그는 기마 자세를 취하고 두 팔을 넓게 돌려 원의 형태를 취하였다.

"건곤감리, 천권칠풍!"

스스스스스스!

무당파 태극권법의 비기인 천권칠풍은 장문인들을 통하여 구전되던 전승비기이다.

화수가 전생에 무당파 장문인에게서 억지로 빼앗아 배운 천권칠풍은 내가권 중에서도 거의 압권의 발경이라 할 수 있었다.

그는 손끝에 모여든 건곤대나이의 심결과 천마신공의 내공을 응축시켜 일곱 개의 발경을 쳤다.

펑펑펑펑!

원래는 백색 진기의 거대한 주먹 일곱 개가 태극의 형태로 날아가야 하지만, 그는 건곤대나이의 붉은색 심결로 주먹을 만들어냈다.

주먹이 빙글빙글 돌면서 날아가다가 놈이 펼친 보호막을 무지막지하게 두들기기 시작했다.

깡깡!

놈의 보호막은 이 세상 모든 종류의 공격을 막아냈지만 내가권은 모든 것이 기로 이뤄져 방어만으론 전부 쳐내기가 불가능하다.

우우우웅, 콰앙!

크아아아아앙!

"이놈, 내가권은 외상보다 내상을 준다. 네놈이 아무리 방어막을 쳐봤자 소용이 없다는 소리지!"

화수가 공격을 성공시키자, 회오리바람이 잦아들며 다시 전술 차량이 안정을 되찾았다.

—됐습니다! 이제 떠나면 됩니다!

"알겠네!"

작전을 성공시킨 화수가 전술 차량으로 돌아가려는데, 저 멀리서 붉은색 뇌전의 창이 날아들었다.

치치치치치치직!

순간, 화수는 놈이 쏘아낸 뇌전의 창을 검으로 쳐내려 했다.

챙!

그러나 놈의 창은 마치 뱀처럼 살아 움직이며 화수의 심장을 파고들었다.

쿠오오오오오!

"이런 빌어먹을!"

—대장님! 제가 엄호하겠습니다!

두두두두두두!

김재성 중사가 화수를 엄호하는 사격을 해주었지만 그다지 효과는 없었다.

화수는 결국 뇌전의 창에게 어깨를 내어주고 말았다.

퍼억!

빠직!

"끄어허억!"

"대장님!"

"…빌어먹을!"

어깨를 파고든 뇌전은 그의 몸을 강타하여 심각한 경련을 일으켰다.

"으으, 으으으으!"

꽈지지지지직!

—대장님! 제가 가겠습니다!

"안 된다! 자네는 그곳에서 식구들을 보호해야지!"

—하, 하지만……!

"야차 중대는 가족이다! 가장이 없으면 다른 누군가가 가족을 보호해야 해!"

화수가 뇌전에 의해 죽어가고 있을 무렵, 어디선가 화살이 날아들기 시작했다.

핑핑핑핑!

그 화살에는 푸른색 이기가 서려 있었는데, 초대형 몬스터의 방어막을 뚫고 들어가 놈에게 직격타를 날렸다.

퍼억!

끄아아아아아앙!

"허억, 허억?!"

흐릿해져 가던 화수의 시선이 다잡아질 즈음, 화살을 쏜 장

본인들이 모습을 드러냈다.

아우우우우우우!

"느, 늑대?"

거대한 늑대를 탄 아름다운 여인들이 화살을 쏘았고, 그 뒤에서 달려온 남자들이 타조의 등에 올라탄 채 창을 날렸다.

피융!

퍽!

크아아앙, 크아아아앙!

다리를 정확하게 얻어맞은 몬스터가 주춤하자, 타조에 탄 남자들이 화수에게 손을 내밀었다.

—@$ㅆ^#$ㅛ#%!

"……!"

그들은 S—11과 A—11이 내뱉던 언어와 같은 말을 구사하였고, 화수에게 호의적으로 다가왔다.

아무리 생각해 봐도 지구에서 살아온 인종은 아닌 듯했지만 화수는 그들의 호의를 기꺼이 받았다.

"황문식 상사!"

—예, 대장님!

"차량의 상태는?!"

—더 이상 바람이 불지 않아서 체크포인트까지 간신히 갈 수 있을 것 같습니다!

“좋아, 나는 이 사람들과 따로 갈 테니 전진기지에서 다시 만나자! 먼저 출발해!”

—괜찮으시겠습니까?

“별수 없다! 지금 당장 도망치지 않으면 우리 모두가 죽어!”

—예, 알겠습니다! 그럼 명령대로 긴급 탈출을 감행하겠습니다!

화수는 아리따운 남자들의 손을 잡고 타조 위로 올랐다.

삐이이이익!

파바바바바밧!

타조들은 늑대들과 함께 협곡을 뛰어오르기 시작하였고, 순식간에 그 정상에 도달하였다.

그런 이후에는 거대한 나뭇잎들이 길을 만들어 협곡을 빠르게 벗어날 수 있었다.

화수는 생전 처음으로 보는 이러한 광경에 넋을 잃고 말았다.

‘…확실히 사람은 아니다! 이들은 도대체 어디서 온 누구란 말인가?!’

그의 의문이 풀리기도 전에 위험지역에서 벗어난 그들은 인근 숲에 화수를 내려주었다.

“@#$%%^#$^%…….”

“……?”

그들은 화수에게 손을 흔들어 인간식 인사를 건넸다.

"아아, 잘 가라는 말이군. 고맙습니다."

화수가 꾸벅 고개를 숙이자 그들 역시 고개를 숙여 인사를 받았다. 그리고 그들은 다시 자신들이 도망치던 그대로 나뭇잎을 타고 사라져 갔다.

*　　　*　　　*

몬스터 학자들은 현재 중국 베이징 인근에 나타난 초대형 몬스터에게 '혼돈'이라는 학명을 붙였다.

몬스터에 대한 자세한 정보는 알 수 없으나 놈의 외형이 고대의 전설에 나오는 혼돈과 비슷하다고 하여 붙여진 학명이다.

현 몬스터학회의 학회장이자 세계적 투자 기업 스토니필드 그룹의 회장 카미엘 스토니필드는 혼돈의 출몰이 S—11과 관련 있다고 주장하였다.

그는 'A—11의 세력권 확장으로 인하여 S—11의 세력권이 축소되자, 놈이 혼돈이라는 초대형 몬스터를 소환한 것이다'고 주장하였다.

학계는 카미엘 회장의 주장을 거의 정설로 받아들이는 분위기였지만 그린피스나 사설학회에선 그 주장에 정면으로 반박하고 나섰다.

혼돈의 출몰은 현재 정체기를 맞고 있는 S—11의 행동과는 전혀 상관이 없다는 것이 그들의 주장이었다.

카미엘은 그들의 주장에 반박하는 근거로 러시아 레나강 중류에 있는 의문의 괴물의 숲을 예시로 사용했다.

그는 의문의 괴물의 숲이 A—11의 전진기지이며, 혼돈은 S—11이 그 세력을 견제하기 위해서 만들어낸 공격 거점이라는 것이다.

하나 카미엘은 두 세력이 부딪치면서 생겨난 피해는 고스란히 인간에게 돌아올 것이고, 인류는 조만간 최악의 사태에 직면하게 될 것이라고 말했다.

몬스터학회의 정기 모임이 열리는 날, 영국 캠브리지에 위치한 스토니필드 빌딩으로 수많은 학자들이 모여들었다.

스토니필드 그룹은 몬스터 연구학회에 한 해에만 수십억 달러의 돈을 지원하고 있는 공식 후원 업체이다.

또한 현재 국제 몬스터 수렵 협회의 공식 스폰서이기도 하며 그린피스의 후원 업체이기도 했다.

현재 그린피스가 이런 스토니필드 그룹에게 반기를 든 것은 상당히 이례적인 일이라 볼 수 있었지만, 이것은 어디까지나 학자들 간의 충돌일 뿐이었다.

학회의 정기 모임이 열리는 만찬장에서 카미엘은 아주 짧게 연설할 시간을 가졌다.

단상에 오른 그는 S—11이 인류의 가장 큰 적이라고 설명하였다.

“인류는 인류의 존립을 위협하는 진정한 적이 누구인지 제대로 알아야 합니다. 언제나 그랬듯 몬스터의 창궐은 인류의 존엄성을 짓밟고 우리의 재산을 빼앗아갔습니다. 이번 혼돈의 출현이나 괴물의 숲 역시 같은 맥락이라 생각됩니다. 개중에 어떤 학자들은 말합니다. 이 세상에는 이충이 있듯 이로운 몬스터들이 있을 것이라고 말입니다. 하지만 그것은 착각에 불과합니다. 몬스터는 인간을 먹이로 삼는 맹수입니다. 맹수가 인간에게 이로운 존재인 적은 없었습니다. 뭐, 먹이사슬의 안정화와 개체 수 조절이라는 미명이 있긴 합니다만, 아무렴 인간이 자연을 파괴한다고 해도 우리 인간의 개체 수를 조절할 수는 없는 일 아니겠습니까?”

그의 주장에 수많은 학자들이 동조하고 박수를 보냈다.

짝짝짝짝!

“아무튼 혼돈의 출현으로 인해 중국과 동북아시아는 물론이고 전 세계는 다시 한 번 위기를 맞이하였습니다. 해서 저 카미엘 스토니필드는 여러 저명한 학자들에게 조언을 구하고자 이 자리를 마련하였습니다.”

“조언이라… 어떤 조언을 말씀하시는 겁니까?”

"과연 S—11을 사냥하였을 때 그 주변의 생태계와 북극의 존립이 가능하겠냐는 안건입니다."

순간, 학자들이 화들짝 놀라 그에게 물었다.

"S—11을 사냥하다니요? 그게 가능한 일입니까?"

"물론 지금 우리 수렵 수준으론 불가능합니다. 그러니 차르봄바 같은 강력한 수소폭탄으로 놈을 죽여야 합니다. 그래야 인류가 앞으로도 계속 존립할 수 있을 것입니다."

"……!"

"수소폭탄을 떨어뜨리고 나면 북극에는 극심한 변화가 생길 겁니다. 그로 인해 지구는 혼란에 빠지게 되겠지요. 그것을 방어하자면 놈의 코어를 북극의 재건에 사용할 수 있는 방법이 있어야 합니다. 듣자 하니 수많은 학자들이 S—11이 어쩌면 시작될 제2의 온난화를 막을 수 있는 유일한 길이라고 하는 소리를 들었습니다."

"놈의 코어로 냉력 발전을 지향한다면 충분히 가능성이 있습니다."

"그래요, 제가 원하는 것은 그런 현실적인 기술력에 대한 논의입니다. 여러 교수님들께서 저에게 조언을 해주실 것이라 믿어 의심치 않습니다."

"흠……."

카미엘 스토니필드는 애초에 S—11을 이 지구상에서 완전히 몰아내기 위해서 이번 학회 모임을 개최한 것이다.

그러니 학회 모임에서 거론되는 얘기들 역시 그 영역에서 많이 벗어나지 않는 것이 당연했다.

그의 모임에 참석한 학자들은 자신들이 가지고 있는 지식과 이론을 토대로 S—11이 사라졌을 때에 대한 대안을 만들어 내기 시작했다.

"차르봄바가 놈을 밀어내고 나면 A—11의 세력권이 강력해질 겁니다. 그에 대한 방비는 어떻게 하지요?"

"S—11을 밀어내고 나면 A—11역시 타격해야 합니다. 차르봄바까진 아니더라도 놈에게 심각한 타격을 주거나 아예 죽일 수 있는 무기를 고안해 내야지요."

"그런 무기가 있겠습니까?"

"80년대까지 개발하던 신의 창이라는 무기가 있지 않습니까?"

"…신의 창!"

"핵폭탄을 인도네시아 한복판에 떨어뜨릴 수 없으니 무 방사능 무기로 대체하자는 얘기입니다."

"하지만 자금이……."

"자금은 우리가 해결합니다. 만약 놈들을 쓸어버릴 수 있다면 그룹 전체를 팔아도 좋습니다. 그래서 인류가 존립할 수 있다면 기꺼이 그래야 하는 것 아니겠습니까?"

"과연……!"

몇 차례의 의견이 오가고 있을 무렵, 새로운 소식이 들려왔다.

"회장님, 비서실입니다!"

"무슨 일인가?"

"혼돈이 세력권을 베이징 시가지 바로 앞까지 넓혔다고 합니다! 어서 대피하셔야 합니다!"

"허, 허어!"

"잘못하면 베이징이 함락되게 생겼습니다. 현재 중국 수렵부대와 한국의 전문가들이 발 빠르게 대처하고 있긴 합니다만, 그게 언제까지 버틸 수 있을지는 모르겠습니다."

"그것참 문제로군."

카미엘은 이제 S—11 집중 타격에 대한 문제를 유엔 안보리로 가져가는 결의안을 제안했다.

"여러분! 지금 이 상황에서 탁상공론만 하고 있다면 인류는 망할 것입니다! 어서 안보리를 움직여 저놈들을 일거에 쓸어버려야 합니다!"

"옳소!"

"모두 결의안에 서명하시어 유엔을 압박합시다!"

"좋습니다! 모두 모이세요!"

카미엘의 주변으로 몰려든 학자들은 서로 앞다투어 서명을 시작하였다.

*　　*　　*

이른바 '괴물의 숲'이 관측되고 난 후, 그린피스와 러시아 사하 공화국 지방정부의 충돌이 뜨거운 화제로 떠오르고 있었다.

그러한 가운데 괴물의 숲에서 일어난 사하 공화국 벌목 업자들의 몰살에 관한 동영상이 인터넷을 타고 삽시간에 퍼져 나가기 시작하였다.

나비 형태의 미확인 생명체들이 사람을 일격에 태워 죽이는 영상이 퍼지자 인터넷은 사하 공화국을 도와 괴물의 숲을 불태워야 한다는 여론을 조성하였다.

여론몰이는 실제 시위대를 형성하고 그린피스의 괴물의 숲 두둔 세력을 압박하기 시작하였다.

러시아 블라디보스토크로 몰려든 5,000명의 시위대는 전 세계 각지의 네티즌으로 이뤄져 있었다.

이들은 괴물의 숲을 두둔하는 세력을 몰아내라는 피켓 시위를 벌였고, 러시아 정부는 실제로 그린피스를 강제 추방하는 사안에 대해 진지하게 고민하는 지경에 이르게 되었다.

이러한 가운데 나탈리아 박사는 숲속에 들어가 벌써 한 달째 연락이 두절되었으며, 괴물의 숲은 처음 관측되었을 때에 비해 무려 열 배 가까이 팽창해 있었다.

이제 러시아 군은 사하 공화국 전진기지에 전투기를 배치하는 등, 적극적인 대처에 나서고 있었다.

현재 중국 베이징 인근에 출몰한 혼돈과 그 세력권이 러시아를 압박하여 현재의 그림이 그려진 것인데, 학자들은 너무 선부른 판단이 아니냐고 지적하기도 했다.

그러나 러시아 정부는 지금도 사하 공화국으로 엄청난 양의 탄약과 미사일을 운집시키고 있었다.

러시아 제89 포병여단장 블라디미르 표도로프 준장은 5개 대대를 작전지역 인근 3㎞ 내에 주둔시키고 러시아 포병의 최첨단 무기들로 무장시켰다.

이러한 러시아 포병의 움직임을 가장 견제하는 것은 미군이었으나 러시아 자국 내에서 일어나는 군사 행위에 대해선 미군이 개입할 수 없었다.

하지만 미군은 가만히 눈을 닫고 이것을 지켜보고 있을 수가 없었음으로 그 어떤 식으로든 행동을 취해야 했다.

미국중앙정보국(CIA) 대외공작부 소속 요원 열 명이 지하궤도차량에 탑승한 채 레나강 중류에 머물고 있다.

꿀렁, 꿀렁.

강의 중류를 가득 채우고 있던 얼음이 완벽하게 다 녹아버려서 궤도차량은 잠수를 한 채 잠망경과 적외선센서로 상황을 지켜볼 수밖에 없었다.

원래 CIA의 계획대로라면 이제 슬슬 빙결이 시작될 레나강 깊숙한 곳에 숨어 암행 작전을 펼칠 생각이었다.

하지만 레나강의 기후가 바뀌어 버려 현재 이곳은 아주 따뜻하고 평온한 기온을 유지하고 있었다.

아마도 겨울이 닥친다고 해도 아주 약간의 살얼음이 얼 뿐, 예년처럼 두꺼운 얼음 장벽이 생기지는 않을 것이다.

CIA 대외공작부장 마이클 테이너스는 기상학자 율리아 벨로바의 말을 상기해 냈다.

"실제로 저 숲이 러시아 기후에 미치는 영향력이 엄청난 모양이군."

"잘하면 시베리아 벌판이 초목 지대로 변할 수도 있다고 하더군요."

"그래, 그렇게 되면 S—11의 영향권에 있던 몬스터들이 다소 힘을 잃게 되겠지."

"저는 솔직히 이해가 되지 않습니다. 노비코바 박사의 말대로라면 오히려 러시아에겐 좋은 것 아닙니까? 자국의 영토가 비옥해지는 것인데 말이죠."

"정치는 그리 간단한 것이 아니지 않나? 내 생각엔 저 괴물의 숲이라는 곳은 인류에게 있어선 아주 중요한 우방 지역이야. 비록 저들이 인간의 허락을 구하지 않고 이곳에 베이스캠프를 친 것은 유감스러운 일이지만, 이 넓고 황량한 지역을 개간해 준다면 등가교환인 셈 아닌가?"

"뭐, 엄연히 따지자면 지구라는 영역에 주인이 있는 땅이 있을 수가 있겠습니까? 그렇게 치면 야생동물도 나라에 세금을 내야 하는 것 아닙니까?"

"후후, 그래, 자네 말이 맞아."

대외공작부 부부장 줄리아 브라운스톤은 현재 러시아의 포병 부대 운집은 단 한 사람 때문이라고 지적했다.

"이 모든 것은 카미엘 스토니필드 때문입니다. 그 작자가 이곳을 없애려 압력을 넣고 있어요. 러시아 사하 공화국 자치정부의 계좌로 스토니필드 그룹의 자금이 유입된 것을 최근에 대외첩보 제2부에서 알아냈습니다. 저들은 분명 스토니필드 그룹에서 엄청난 돈과 리베이트를 받고 저 짓을 벌이고 있음이 분명합니다."

"아마 러시아 정부에 스토니필드의 방산 업체가 줄을 댔겠지. 러시아 정부는 숲을 불태우는 대신 무기를 싼값에 사들이고 그 리베이트까지 챙겼을 테니 러시아 입장에서야 나쁠 것 있나? 때마침 블라디보스토크에 운집해 있는 사나운 민심도 수습하고 말이야."

"스토니필드 그룹, 참으로 무서운 놈들입니다."

"그나저나, 부장님, 그놈들은 왜 저렇게 무모한 곳에 돈을 투자하는 것일까요? 아직까지 괴물이라고 정확하게 확인된 것도 아닌데 말입니다."

마이클 테이너스는 부하들에게 자신의 권한에서 알 수 있는 정보 중에서 꽤 상급의 정보를 풀어놓았다.

"자네들, 스토니필드 그룹이 현재 몬스터 수렵에 투자하고 있는 금액이 얼마인 줄 아는가?"

"수십억 달러에 이른다고 들었습니다."

"그렇다면 그 반대로 그린피스와 같은 환경 단체에 기부하는 금액은?"

"비슷하다고 들었습니다."

"좋아, 그럼 이번엔 변절된 제레에 투자한 금액은 얼마인 줄 아는가?"

"……?!"

"그들은 제레를 변절시키고 타락시킨 장본인이야. 제레가 비록 지금은 타락한 기관으로 전락하고 말았지만 원래 제레는 인류에게 있어 아주 결정적인 역할을 해주던 필수 기관이었어. 미 정부는 물론이고 유엔에서도 그들에게 비공식 스폰서로서 자금을 투입해 주었지. 하지만 제레가 타락하고 나서부터는 그 자금을 끊어버리고 그들을 탄압하기 시작하였어."

"그 타락을 주도한 사람들이 바로 스토니필드라는 말이십니까?"

"제례의 타락은 몬스터에 대한 숭배 사상 때문이라고 생각하지만, 그건 오산일세. 그들은 몬스터들을 개량시키고 변종을 만들어내어 지구의 최종적인 종말을 꽤하는 종말론자들이야. 지구가 종말을 맞이해야 인류가 새롭게 거듭난다고 믿고 있는 것이지."

"그럼 최근 삼척에서 발견된 연구소 역시……."

"그들의 자금으로 만들어진 것이야. 대단한 놈들이지. 그곳에 일부러 몬스터들을 창궐시키고 비밀 연구소까지 짓다니 말이야."

마이클이 던진 뜻밖의 정보에 팀원들은 다소 혼란을 겪는 것 같았다.

"이놈들, 이제 보니 인류의 세계 질서를 파괴하려는 것이었군요?"

"아직까지 정확하게 확인된 것은 없어. 하지만 적어도 그들이 인류의 편은 아니라는 사실은 분명하다."

"흠……."

"우리가 러시아의 진군에 투입된 것도 모두 미국 중앙정보부에서 스토니필드 그룹과 러시아 정부의 유착 관계에 대해서 간파해 냈기 때문이야. 우리는 앞으로 이곳에 계속 상주하면서 필요시엔 저들 작전지역에 직접 투입되어야 할 수도 있다."

"그런 위험쯤은 애초에 감수하고 있습니다."

"그래, 우리 한목숨 바쳐서 인류가 무사할 수 있다면 그것으로 된 것이지."

CIA가 계속해서 러시아 정부군을 감시하고 있을 무렵, 숲에서 한 무리의 사람들이 걸어나왔다.

마이클 테이너스는 망원경으로 사람들의 얼굴을 찬찬히 훑어보기 시작했다.

"그린피스의 수뇌부가 보이는군. 그 중앙에는 나탈리아 노비코바가 있어. 그녀는 잠적 중이었는데 어째서 다시 모습을 드러낸 것이지?"

"글쎄요. 아무래도 사하 공화국 지방정부와 다시 담판을 지으러 나온 것이 아닐까요?"

"흠……."

잠시 후, 그린피스의 수뇌부와 환경 운동가들은 숲의 입구 앞에 자리를 펴고 앉아 피켓 시위를 벌이기 시작하였다.

—숲은 우리의 친구다! 친구를 죽이는 자, 스스로 공멸할 것이다!

—지구를 살려라! 인류를 구원하라!

피켓의 문구들을 뒤로한 채 나탈리아 노비코바 박사가 계속해서 앞으로 걸어나왔다. 그리고 그녀는 군사들의 가시거리까지 걸어와 소리쳤다.

"우리 시위대는 결코 물러서지 않을 겁니다! 당신들이 만약 이 숲에 불을 지른다면 살아 있는 민간인을 대량으로 학살하는 것과 진배없습니다!"

그녀의 외침을 들은 러시아 군정에서 차량이 달려 나왔다.

부아아아앙!

아주 거칠게 달려 나온 차량에는 블라디미르 표도로프 준장이 타고 있었다.

그는 차량에 탄 채 그녀에게 말했다.

"얘기 좀 합시다. 우리가 할 얘기가 꽤 많을 것 같은데."

"그래요. 할 얘기가 많지요."

두 사람은 포병연대 본진으로 이동하였다.

*　　　*　　　*

중국 스좌장, 텐진, 베이징에 걸친 거대한 전선에 중국군 수렵 부대 2개 대대 병력이 배치되었다.

또한 이곳에 중국의 포병 병력과 공군 병력 90%가 중무장 상태로 진군하는 중이다.

현재 혼돈의 군세는 오크 1만, 코볼린 3만, 식양 1만 톤으로 이 정도 규모는 거의 대륙 하나를 먹어치울 수준이다.

지금까지 몬스터가 1만 이상 운집한 적은 단 한 번도 없었기 때문에 중국은 물론이고 한국군과 일본 자위대까지 지원 병력 파견을 승인한 상태였다.

만약 중국 베이징 전선이 밀리게 되면 동북아시아 전체가 무너질 것이고, 더 나아가선 유라시아까지 무사하지 못할 것이 분명했다.

중국 베이징 군관구 사령관 팽덕춘 상장은 이제 막 작전에서 귀환한 야차 중대를 찾았다.

삐빅, 삐빅—

팽덕춘은 호흡기에 의지하여 숨을 쉬고 있는 김태하 중사를 바라보며 말했다.

"이 사람이 그 유명한 명사수 김태하 중사요?"

"예, 그렇습니다."

"야차 중대가 전력 손실을 꽤 크게 입었군. 유감이오."

"……."

그는 부중대장 김예린에게 중대장의 생사에 대해 물었다.

"강화수 중령은 현재 어디에 있소?"

"생사는 불분명합니다. 하지만 며칠 내에 이곳으로 올 겁니다."

"그래, 그는 생존과 수렵에 대해선 최고이니 알아서 잘 살아 오겠지."

팽덕춘은 김예린과 그 휘하의 부하들에게 혼돈에 대해서 물었다.

"저 혼돈이라는 놈, 도대체 뭐 하는 놈이오?"

"그건 저희들도 알 수 없습니다. 지금껏 저희들이 잡아온 그런 놈들과는 차원이 다릅니다. 심지어 등급을 부여할 수도 없습니다. 어쩌면 S—11이나 A—11보다 더 강력할지도 모르지요."

"으음……."

"하여 저희들은 저 혼돈이라는 놈에게 Z—11이라는 이름을 붙였습니다. 앞으로 저런 놈들이 얼마나 더 나타날지 알 수는 없습니다만, 이게 끝이면 좋겠다는 생각에서 붙인 것이지요."

야차 중대의 몰골은 거의 난민 수준에 가까웠으나 팽덕춘은 지금 그들의 피로에 대해선 신경 쓸 겨를이 없었다.

물론 그것은 야차 중대원들 역시 마찬가지였다.

"베이징 군관구의 병력이 40만이오. 하지만 이것만으로 저 놈을 막을 수 있을지 모르겠소. 그래서 총참모부에 병력 지원을 요청했소. 내가 적절한 대처를 한 것인지 모르겠군."

"현재 이곳에 상주하고 있는 몬스터 수렵 부대는 얼마나 됩니까?"

"2개 대대이요. 그 이상은 당장 동원하기 힘든 실정이오. 아시다시피 중국에도 꽤 많은 위험 지역이 있지 않소."

김예린은 잠시 그에게서 등을 돌렸다.

"의견을 모읍시다. 중대장님이 안 계시니 우리가 조언을 해드려야 할 입장이네요. 이 사안에 대해선 우리 군사령부에서도 뭐라 딱히 조언을 해줄 수 없을 테니 말입니다."

"병력을 죄다 이곳으로 끌어모으는 것은 좋지 않은 선택이라고 생각합니다."

"그래요. 만약 타 지역에서 유사한 사태가 벌어진다면 그땐 어쩌려는 건가요?"

"하긴, 내 생각도 그래요."

그녀는 화수가 없는 이 자리에서 당장 조언을 해줄 수 없기 때문에 부대원들의 의견을 수렴하려는 것이다.

최지하는 그것을 한마디로 정의하였다.

"베이징 군관구의 병력이 40만이니 다른 군구에서 10만쯤 병력을 빌리고 나머지 포병 부대의 지원만 받아도 Z-11의 진군은 충분히 막을 수 있어. 만약 베이징이 밀릴 수도 있으니 한 20만쯤 후방에 대기를 시켜놓는 것은 좋은 생각이라 할 수 있겠군."

"그래, 그럼 그렇게 하자고."

김예린은 몬스터 수렵 부문의 전문가인 중대원들에게서 받은 의견을 종합해서 팽덕춘에게 전달하였다.

"참고용으로 조언을 해드리자면 이렇습니다. 250만에 달하는 병력을 집중시키는 것은 무리가 있으니 일단 베이징 군관구에서 40만을 모두 동원하고 10만을 지원부대로 받습니다. 그리고 베이징 군관구가 밀릴 사태가 벌어질지도 모르니 그 후방으로 20만을 주둔시켜 놓는 겁니다."

"으음, 정말 40만으로 되겠소? 그 파급력이 대단할 텐데?"

"파급력이 대단할 것은 당연한 일입니다. 하지만 어떤 이유에서인지 Z-11이 아직 전면전을 일으키지 않았으니 이대로 전선을 고착화시키는 것도 하나의 방법이라고 생각합니다."

"전선을 고착화시킨다……."

"물론 수도 베이징 인근 주요 도시들을 고립시키는 것은 좋지 않은 일입니다만, 그래도 다행인 것은 사람이 거주하는 지역까진 놈이 손을 뻗지 못했다는 점이지요."

"그래, 그건 대위의 말이 맞는 것 같소."

그는 김예린에게 이 다음 행보에 대해 물었다.

"그나저나 그대들은 이제 어떻게 할 작정이오? 이대로 한국으로 돌아갈 것이오?"

"아마 한국으로 돌아간다고 해도 수렵 사령부에서 우리를 다시 중국으로 급파할 것이 분명합니다. 그럴 바엔 이곳에서 중대장을 기다리는 것이 낫다고 생각합니다."

"그래, 그러는 편이 좋겠구려."

팽덕춘은 김예린에게 군수보급필증을 건넸다.

"이것을 가지고 육군 군수창고로 가시오. 그곳에서 필요한 것들을 보충하고 적당한 숙소를 배정 받으시면 될 것이오."

"배려해 주셔서 감사합니다."

"아니외다. 당신들이 아니었다면 우리가 지금 이렇게까지 버티고 서 있을 수 있겠소? 당신들이 목숨을 걸고 조사단을 꾸려주어 이만큼 방어할 수 있게 된 것이지."

그는 야차 중대에게 거수경례를 올렸다.

척!

"그럼 나는 이만 가보겠소."

"예, 그럼."

팽덕춘이 나간 후 김예린은 걱정스러운 얼굴로 김태하 중사를 바라보았다.

"중대장님도 없는 이때에 중태라니, 이것 참……."

"잘 될 겁니다. 힘내십시오."

"그래야지요."

오늘따라 유난히도 힘이 없어 보이는 김예린에게 최지하가 말했다.

"가자. 밥이라도 좀 먹자."

"……."

"그렇게 풀 죽어 있다고 해서 쓰러진 놈이 당장 일어서는 것은 아니야. 그러니 가자."

"알겠어."

최지하는 그녀 이외에 중대원들까지 모두 데리고 식당으로 향했다.

* * *

중국 허페이 성 인근 산림지대에 홀로 남겨진 화수는 능선을 따라서 시가지가 있는 곳으로 걸어서 움직였다.

파바바밧!

보법을 통하여 아주 빠르고 가볍게 발걸음을 옮긴 그는 몬스터 군단의 진군을 실시간으로 지켜보고 있었다.

원래대로라면 벌써 중국 베이징 군관구사령부로 벌써 돌아갔어야 하는 화수이지만 이들의 행동 양식을 관찰하느라 시일이 지체되고 있었다.

아름드리나무에서 보법을 밟아 수풀 사이에 난 구멍에 안착한 화수는 고개만 내밀어 놈들의 동태를 살폈다.

척척척척!

화수는 이 진군의 형식이 꽤나 고도로 훈련된 군인들에게서나 나올 법한 것이라고 생각했다.

"다르다. 예전과는 확연히 달라. 그래, 이놈들은 어쩌면 군대를 조직했는지도 모른다."

그는 고블린과 오크들 사이로 보이는 거대한 구체들을 바라보았다.

끄웨에에에엑!

마치 돼지 멱따는 소리와 비슷한 괴성을 지르며 다니는 저놈이 대략 500마리 단위의 부대를 지휘하는 것 같았다.

신경처럼 생긴 촉수들로 둘러싸인 이 구체는 혼돈의 지휘를 받는 듯 정기적으로 후방의 놈에게 다녀오곤 했다.

아마도 혼돈이 이 구체들을 이용하여 오크와 고블린들을 정신 지배의 고리로 묶는 것 같았다.

몬스터들은 손짓과 발짓을 하여 의사소통을 하지만 간혹 텔레파시를 통하여 교감을 하기도 한다.

그것은 화수가 S—11과 A—11에게서 받은 텔레파시로 설명이 가능했다.

혼돈은 몸집이 거대하고 그 능력이 신묘한 만큼 텔레파시와 정신 교감을 통하여 몬스터들을 좌지우지할 수 있을 것이다.

화수는 저놈들이 과연 무슨 생각을 하고 있는지 너무나도 궁금해졌다.

그는 혼돈에게서 가장 먼 거리에 있는 지휘 구체를 사로잡아 그 코어를 흡수해 보기로 했다.

스스스스!

건곤대나이의 심결을 발끝으로 몰아넣은 화수는 바람처럼 보법을 밟았다.

쉬이이이이익!

나무와 나무 사이를 지그재그로 뛰어넘은 그는 오른손에 장력을 불어넣었다.

"건곤일식, 파!"

쿠구구궁, 쾅!

건곤일식의 장력이 지휘 구체의 몸통을 정확하게 때렸다.

퍼억!

끼에에에에에엥!

순간, 주변에 있던 오크와 고블린들이 동요하기 시작했다.

크룩, 크룩!

키헥, 키헥!

마치 고삐 풀린 망아지처럼 이리저리 날뛰는 오크 무리 사이로 지휘 구체가 떨어져 내렸다.

화수는 재빨리 몸을 날려 그 신형을 훔쳐 냈다.

팟!

이윽고 그는 놈의 몸통 중앙에 손을 찔러 넣어 코어를 적출해 냈다.

푸하아아악!

사방으로 검은색 피가 튀어 올랐고, 놈의 시신은 축 늘어져 가죽만 남게 되었다.

"장기가 없네. 입도 없고 통각 기관도 없어. 심지어 신경조직도 없는 것 같은데 어떻게 살아갈 수 있는 거지?"

그는 놈의 축 늘어진 시신을 가방에 대충 갈무리하고 코어를 흡수하였다.

"흡성대법!"

스스스스스스스!

놈의 코어가 화수의 손을 통하여 심장으로 흡수되었다.

순간, 그의 눈동자가 붉게 물들기 시작하였다.

"크아아아아아악!"

붉게 물든 화수의 눈동자에서 빛이 새어 나와 500마리의 몬스터에게 스며들자, 놈들은 그제야 안정을 되찾고 다시 진군을 하게 되었다.

화수는 자신의 머릿속으로 쏟아져 들어오는 상형문자들 때문에 뇌가 녹아버릴 것 같았다.

끼이이이잉!

"크으으윽! 이 상형문자는 또 처음 보는 것이군."

저번 A—11과의 교감에서 얻은 상형문자와는 상반되게 상당히 거칠고도 뾰족한 비수와 같은 느낌의 문자들이었다.

더군다나 문자 하나하나에 강력한 힘이 담겨 있어서 화수의 정신이 흐려질 정도였다.

잠시 후, 화수의 눈동자로 뭔가 묵직한 검은 그림자가 다가왔다.

크르르르르릉!

검은 그림자는 바로 혼돈의 목소리였다.

—@#$%@%^!

"……?"

놈은 화수에게 뭔가를 말하려다가 뜻이 통하지 않자 영상을 하나 보여주었다.

혼돈이 보여준 영상은 바로 S—11이 있는 북극과 A—11이 있는 인도네시아였다.

그놈은 북극과 인도네시아로 향하는 길목에 있는 중국을 그대로 정면 돌파하여 먼저 S—11에게 가려는 것 같았다.

화수는 이놈과 S—11, A—11이 뭔가 관련이 있는 것은 아닐까 하고 생각하였다.

'두 놈이 적인 줄 알았더니 그게 아닌 모양이군.'

어쩌면 S—11과 A—11이 같은 편이고 이 혼돈은 두 놈의 하수인일지도 모른다는 생각도 들었다.

과연 이 셋이 어떤 관계에 놓여 있는 것인지 알 수는 없지만 혼돈이 위험한 놈인 것은 틀림없었다.

북극과 인도네시아로 향하는 길목에 있는 도시들을 불태우겠다는 놈의 강력한 의지가 텔레파시를 통하여 전해지고 있었기 때문이다.

'어서 이곳을 빠져나가 대책을 마련해야 한다. 더 이상 지체했다간 위험해져.'

그는 당장 지휘 구체의 텔레파시 능력을 차단하였다.

팟!

그러자 주변의 몬스터들이 전부 화수를 쳐다보기 시작하였다.

크르르르릉!

끄웨에에에엑!

"위치가 발각된 것이구나! 에잇, 모르겠다! 일단 줄행랑을 놓고 보자!"

부하들을 살려서 데리고 가야 하는 입장이라면 몰라도 화수의 독단적인 도망은 그리 어려운 일이 아니었다.

그는 재빨리 천마군영보를 밟아 도망치기 시작했고, 혼돈은 그의 뇌리로 다시 텔레파시를 보냈다.

끼이이이잉!

순간, 그의 뇌리로 S—11이 사용하던 것과 같은 텔레파시가 전해졌다.

—%^&#$%%^.

화수는 S—11과 A—11이 보낸 텔레파시와는 달리 놈의 텔레파시에선 아주 강력한 적의가 느껴짐을 어렵지 않게 알 수 있었다.

"…등골이 서늘해지는군."

지금까지 그가 태어나 이렇게까지 궁극적인 살의를 느껴본 적이 있었는지 생각해 보았는데, 천마로 불리던 전생까지 통틀어 처음이었다.

그는 한시라도 빨리 이곳을 떠나는 것이 좋겠다고 생각했다.

*　　　*　　　*

유엔 안보리가 열리는 스위스 베른에서 카미엘 스토니필드는 정식으로 연설할 기회를 얻었다.

그는 안보리 이사국의 대표들이 전부 다 모인 자리에서 전략핵탄두의 사용에 관해 연설하였다.

"우리 인류는 지금 최악의 위기에 놓였습니다. 다들 아시다시피 S—11과 A—11은 인류에게 극심한 타격을 안겨주었습니다. 만약 수렵 전문가들이 희생되면서 이 땅을 지키지 못했다면 우리는 모두 다 죽었을지도 모릅니다. 이러한 상황에서 Z—11, 가칭 혼돈이라 불리는 몬스터가 등장했다는 것은 심각한 일입니다. S—11과 A—11 중 어느 하나가 Z—11과 연합하여 우리를 공격하는 날엔 인류는 멸망입니다."

"하지만 S—11과 A—11은 아직 동면에서 깨어나지 않은 상황입니다. 이를 Z—11과 결부시킬 수 있는 타당한 근거가 있습니까?"

"있습니다. 지금까지 혼돈의 행보에 대해 살펴보면 그 답이 나옵니다. A—11이 세력을 확장한 후 S—11은 급격하게 그 세력권이 축소되었습니다. 그러한 상황에서 러시아 괴물의 숲이 발견되었습니다. 이 숲이 발견되고 난 이후에 몬스터의 행동이 더욱 활발해졌지요. 자, 이젠 전체적으로 S—11은 A—11에게 밀리는 분위기가 되었습니다. 괴물의 숲이 A—11의 전진기지라는 것은 놈들의 성향으로 미뤄 짐작할 수 있습니다. S—11의 세력권에 있는 몬스터들은 대체적으로 북극권에 가까이 살았습니다, 그것이 아래로 내려왔을 때에도 아열대기후에 적응한 모습은 보이지 않았지요. 하지만 이번 괴물의 숲은 어떻습니까? 아예 정글을 표방하고 있습니다. 이것은 괴물의 숲이 A—11과 관련이 깊다는 것을 방증합니다."

"흐음……."

"A—11이 세력권을 넓히자 S—11은 궁지에 몰렸습니다. 그래서 Z—11, 그러니까 학명 혼돈의 괴물을 만들어낸 것이지요. 지금 이놈이 가는 루트는 오롯이 북극을 향해 있습니다. 놈이 진군하는 길목에 대한 데이터를 살펴보면 답이 나옵니다. 북극으로 갈 때 가장 가까운 육로를 선택한 것이지요."

"그렇다면 우리가 뭘 어떻게 해야 한단 말입니까?"

"우선 S-11에 차르봄바급 핵폭탄을 떨어뜨려 S-11을 사살하는 겁니다."

"……!"

그의 한마디에 장내가 충격에 휩싸였다.

"…지금 우리에게 잠자고 있는 S-11에게 핵탄두를 떨어뜨리자고 제안하고 있는 겁니까?"

"이건 제안이 아닙니다. 우리가 살아남기 위한 유일한 계책입니다. 제 말에 따르지 않으면 우리는 모두 다 죽고 말 겁니다."

"아직까지 확실한 것이 하나도 없는 상황인데 말입니까?"

"그렇다고 인류의 존립을 포기하실 겁니까? 이대로 Z-11과 S-11의 결합을 두고 보기만 할 작정이십니까?"

"흠……."

카미엘은 자신의 어둡던 과거와 현재 자신의 처지에 대해 설명하였다.

"저는 몬스터에게 처자식을 전부 다 잃었습니다. 그 이후로 투자회사를 설립하고 죽기 직전까지 돈을 모았습니다. 그리고 지금은 그 회사에서 나오는 수익금의 전부를 몬스터 수렵과 환경 단체 유지에 쓰고 있지요. 저는 몬스터를 연구하고 놈들을 효과적으로 죽이는 데 일생을 바쳤습니다. 저보다 놈들을 더 잘 아는 사람은 없을 겁니다."

"선생의 처지야 모두가 잘 아는 사실이지만……."

"그래요, 저의 불쌍한 인생에 대해선 모두가 다 알고 있지요. 하지만 모두가 모르는 한 가지가 있습니다. 저는 몬스터에 대한 증오심보다 인류의 존립에 대한 지표를 먼저 생각한다는 것을 말입니다."

한차례 폭풍이 지나간 것처럼 장황한 연설이 끝난 후, 안보리는 이 사안을 표결에 붙이기로 했다.

"핵무기의 사용이 없던 것은 아닙니다만, 그렇다고 S—11을 직접적으로 타격한 사례는 없었습니다. 그러나 카미엘 스토니필드 회장을 비롯한 몬스터학회의 의견에 따르자면 Z—11이나 S—11을 타격해야 한다는 것은 변하지 않는 사실인 것 같습니다. 하여 우리 안보리는 이 사안을 표결에 붙일 겁니다. 연합군에 중앙 연구실을 세우고 메가톤급 수소폭탄을 제조하는 데 동의하신다면 피켓을 들어주십시오."

이번 표결에서 핵탄두 투하가 결정된다면 안보리 회원국 모두가 자국의 기술력을 내어놓고 폭탄을 제조하게 될 것이다.

그동안 인류는 가공할 만한 수소폭탄을 제조하고 그것을 상용화시킬 수 있는 충분한 기술력을 갖추었기 때문에 생산은 그리 문제될 것이 아니었다.

하지만 그것을 폭파시키고 난 후의 파급력은 그리 간단하게 생각할 문제가 아니었다.

안보리는 신중하게 표결하였다.

차분하게 표결을 집계하였고, 마침내 단 한 표 차이로 폭탄 투하가 결정되었다.

미국과 영국, 프랑스 등 본래 핵 시설을 극구 반대하던 세력을 제외한 모두가 찬성하여 가까스로 이러한 결과가 만들어진 것이다.

"…그럼 표결의 결과에 따라서 유엔 연합군 소재 국방 연구소를 긴급 설립하고 수소폭탄 상용화에 대한 논의를 거치겠습니다."

카미엘과 몬스터학회의 회원들은 쾌재를 불렀다.

"드디어 인류에 평화가 찾아오겠군!"

"평화를 유지하는 일을 이제야 제대로 할 수 있게 된 겁니다. 앞으로 우리는 S—11의 코어로 냉각 발전소를 설립할 수 있는 일에 최선을 다합시다."

"와아아아아!"

환희에 찬 환호를 내지르는 그들을 달갑지 않게 바라보는 세력이 많았으나, 그들은 별로 신경 쓰지 않는 모양이다.

이리하여 사상 최초로 북극에 수소폭탄을 투하하는 작전이 모의되기 시작하였다.

*　*　*

수소폭탄의 투하가 결정된 이후, 전 세계 곳곳에선 반대 시위가 열렸다.

그린피스를 필두로 한 각종 환경 단체들이 인터넷 SNS로 사람을 모아 피켓 시위를 벌이면서 점차 시위 세력권이 넓어져 가고 있었다.

그러나 그린피스가 세력권을 확장하는 데 심각한 걸림돌이 하나 있었다.

그것은 바로 레나강 인근에서 촬영된 괴물의 숲 벌목 업자 학살 사건에 대한 동영상 유포였다.

이 동영상이 처음 인터넷 UCC를 통해서 퍼져 나갔을 무렵, 네티즌들은 이 영상이 조작된 것이라고 주장했다. 하지만 현장에서 직접 시위에 참가했던 사람이 그때의 사건이 진실이라고 증언하여 사건은 새로운 국면으로 접어들게 되었었다.

이로 인해 그린피스는 괴물을 옹호하는 제2의 세력으로 폄하되었으며, 변절된 제레와 한패라는 말까지 나돌게 되었다.

더군다나 나탈리아 노비코바 박사의 괴물의 숲 옹호와 벌목 업자들의 몰살을 은폐하는 등의 행동이 불난 집에 기름을 붓게 되었다.

이로써 그린피스가 핵탄두 투하를 반대하면 할수록 그에

긍정하는 세력들이 점점 더 커져가게 되었던 것이다.

러시아 제89 포병여단이 주둔 중인 레나강 중류 전진기지로 초청을 받은 나탈리아 노비코바 박사는 블라디미르 표도로프 준장과 마주하였다.

그는 나탈리아에게 괴물의 숲을 습격하면 안 되는 이유에 대해서 물었다.

"당신이 주장하는 대로 저들이 인류의 친구라면 우리의 포격은 불합리한 일이 될 것입니다. 하지만 그와 반대라면……."

"만약 제 주장이 그와 반대라면 지구는 멸망의 길을 걷게 될 겁니다. 하지만 생각을 좀 해보십시오. 저 숲이 지금까지 우리에게 피해를 준 적이 있습니까?"

"벌목 업자들을 물로 만들어 버렸지요."

"그것은 벌목 업자들이 그린피스의 환경 운동가들과 숲의 친구들을 무차별적으로 폭행했기 때문입니다. 생각을 좀 해보세요. 이 세상의 그 어떤 생물도 매를 맞고 가만히 있지는 않을 겁니다."

"으음."

블라디미르는 군부 세력 내에서도 환경 운동에 관심이 많은 사람 중 한 명이었다.

비록 사하 공화국으로의 진군을 명령 받기는 했어도 정작 숲을 불태우지 못하고 있는 것은 사령관 스스로 결단을 내리지 못했기 때문이다.

러시아 중앙 군부는 그에게 레나강 유역에 자리 잡고 있는 적들을 섬멸하라고 명령하였지 맹목적으로 숲을 불태우고 인간의 우방을 죽이라고 명령한 적은 없었다.

그것이 비록 러시아 군부의 생각과는 다소 차이가 있다곤 해도 명령서에 적혀 있는 문장을 그대로 해석하면 현재 블라디미르의 행동은 명령 위반에 해당되지 않는다.

러시아 군부 세력은 숲을 불태운 이후에 생겨날 후폭풍을 걱정하여 이러한 공문을 보내왔는데, 한마디로 블라디미르에게 추후의 모든 책임을 떠넘길 생각이었던 것이다.

일이야 어찌 되었든 간에 블라디미르는 신중하게 이번 사태를 다시 한 번 돌아볼 수 있는 기회를 얻게 된 셈이다.

"만약 우리가 공격을 하지 않기를 바란다면 그에 합당한 증거를 가지고 오십시오. 그럼 군을 철수시키겠습니다."

"증거라… 이를테면 어떤 증거를 만들어서 보여드리면 될까요?"

"당신의 친구들이 인간에게 신뢰를 줄 만한 행동을 하는 겁니다."

"……."

"만약 그것도 아니라면 숲을 불태우지 못하도록 만들 수 있는 영향력 있는 사람을 앞세워 사실을 입증하십시오. 그럼 적어도 당장 우리가 포문을 열 이유는 없어질 겁니다."

블라디미르는 이 한마디로 그녀에게 얼마간의 유예기간을 준 셈이다.

그는 러시아의 자랑스러운 학자이던 그녀가 아무런 이유 없이 숲에 틀어박혀 황당한 짓을 벌이고 있다고는 생각하지 않았다.

이것은 그녀가 옳다고 믿는 일이기에 목숨을 거는 것이고, 그 사생결단에는 그만한 이유가 있다고 생각한 것이다.

"당신이 옳다고 믿는 이 일을 관철시키려면 그만한 영향력을 가진 사람을 데려오세요."

"이를테면?"

"글쎄요. 적어도 러시아 내에선 찾을 수 없겠지요. 하지만 세상은 넓습니다. 잘 찾아보시면 답이 나올 겁니다."

그녀는 조용히 고개를 끄덕였다.

제2장

해석된 문자

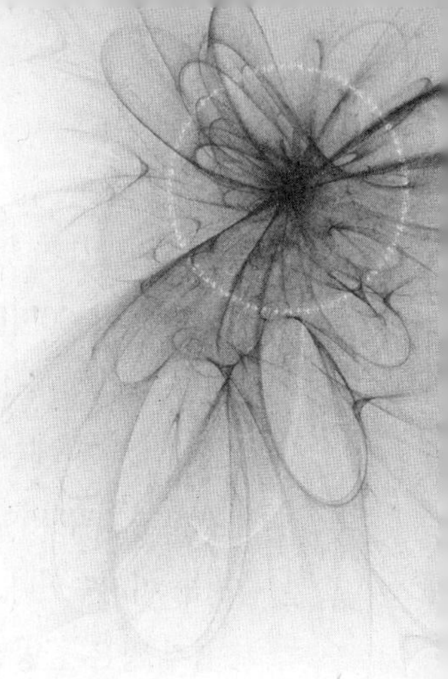

화수가 사지에서 돌아왔을 때쯤, 혼돈은 이제 막 허페이 성 동부의 수풀 지대를 지나고 있었다.

베이징 군관구 사령부는 허페이 성 외곽의 시골 마을에 비상 대피령을 내리고 시가지를 중심으로 바리게이트를 치기 시작하였다.

50만 병력과 베이징 시민들이 전부 동원된 바리게이트 작업에는 한국과 일본에서 건너온 구호품도 한 자리를 차지하고 있었다.

화수는 작업이 한창인 베이징 군관구 남부 바리게이트 작업장을 지나가는 중이다.

그는 높이 80미터의 거대한 틀에 콘크리트를 붓고 그것을 굳히는 작업을 유심히 지켜보았다.

콘크리트 안에는 돌덩이와 고철 조각이 들어 있어 충분히 단단한 방호막 역할을 할 테지만, 혼돈의 공격에 얼마나 버텨 줄지는 미지수였다.

"쉽지 않은 공방전이 되겠군."

"놈에게 있어선 공성전이겠지요."

화수를 맞이하러 나온 이시은은 그에게 자운대 수렵 사령부의 공문을 건네주었다.

"오늘 아침에 공문이 내려왔습니다."

"새로운 작전명령서인가?"

"아직 거기까진 파악하지 못했습니다."

그는 수렵 사령부의 직인이 찍힌 공문의 봉인을 뜯어냈다.

[작전명령서: 현 시간부로 야차 중대는 중국에서 복귀하여 자운 화학 중대 본부에서 대기한다.]

화수는 고개를 갸웃거렸다.

"…뭔가 이상한데? 제대로 가자고 온 것 맞나?"

"제가 비행기를 수리해 오면서 직접 받아온 겁니다. 수렵 사령부의 직인이 찍힌 것을 보면 아실 것 아닙니까?"

"하지만 이러한 시국에 부대 복귀는 좀 이해하기가 힘든데?"

이시은은 화수에게 이러한 작전이 내려진 것에 대해 설명하였다.

"아마도 유엔 연합 사령부의 요청이 있었겠지요."

"연합군에서?"

"아직까지 공식화된 것은 아닙니다만, 카미엘 스토니필드 몬스터 협회장의 주도 하에 유엔 안보리에서 S—11 직접 타격을 결정한 모양입니다."

"S—11을 직접 타격한다? 인간은 그곳까지 가기도 전에 죽어."

"하지만 그곳에 다녀온 사람들이 있긴 있지요."

"…그래서 우리를 한국으로 불러들인 것이군."

"차르봄바급 수소폭탄을 제조할 시설이나 그에 근접하는 메가톤급 무기를 물색 중인 것으로 압니다. 유엔 조사단에선 러시아 지하 무기고에 잠들어 있는 차르봄바의 행방을 수소문하고 있답니다. 만약 기폭이 가능한 상태로 놓여 있다면 이보다 더 좋은 공격 수단은 없을 테니까요."

"하지만 북극해 중앙에 그것을 떨어뜨리면 빙하가 다 녹아서 온난화가 심각해질 텐데?"

"그래서 제기된 것이 S—11의 코어로 발전기를 돌린다는 것입니다."

"냉력 발전……."

"아주 오래전부터 제기되었던 의견입니다만, S—11을 수렵할 수 없었기 때문에 기각되었지요."

그는 도저히 이해를 할 수 없다는 표정이다.

"미쳤군. 좋아, 폭탄을 떨어뜨린다고 치차고. 그럼 그 심장은 누가 회수하지? 수소폭탄의 기폭제를 몬스터 코어로 만든다고 해도 S—11도 엄연한 몬스터다. 그 안에선 얼마나 강력한 방사능이 유출될지 아무도 모른다고."

"지금 유엔 안보리가 그 사안에 대해 토의하느라 이사회가 아직 끝나지 않은 겁니다. 아마 누군가 목숨을 걸고 코어를 가지러 가야 하지 않겠습니까?"

"도대체 그 스토니필드라는 사람은 속내를 알 수가 없군. 어떨 때 보면 인류를 위하는 것 같다가도 이런 미친 짓거리를 자행하는 것을 보면 그 반대인 것 같기도 하고."

"뭐, 누구에게나 양면성은 있게 마련이지요."

이시은은 화수를 야차 중대의 숙소까지 데려다 준 후 다시 차량에 탑승하였다.

"아무튼 저는 이 착륙 허가증을 반납하고 마지막 이륙을 준비해야 합니다. 최산용 대위가 전술 비행기 정비를 끝내두었답니다."

"빠르군."

"그럼 저는 이만……."

척!

거수경례를 올린 그녀가 돌아서자 화수는 복잡한 심경에 사로잡혔다.

'S—11은 도대체 나에게 뭘 원한 것일까? 소통을 원한 것이라면 Z—11의 출현은 무엇을 위한 것이었는가?'

잠시 후, 김예린과 강하나 소위가 화수를 마중 나왔다.

"충성, 중대장님!"

"별일 없었나?"

"김태하 중사가 이제 막 깨어났습니다."

"다행이군."

화수는 김예린의 어깨를 두드렸다.

"자네가 고생이 많았겠군."

"…아닙니다."

며칠 사이에 홀쭉해진 그녀의 얼굴을 보고 있자니 저절로 그간의 고생에 대해 알 수 있었다.

아마 그녀는 김태하 중사가 중태에 빠져 스스로 자괴감을 일으키고 있던 것이 분명했다.

'그래, 마지막 그녀의 표정에서 본 것은 두려움이었어. 그녀는 아마도 자신이 환자이자 동료를 살리지 못할까 봐 무서웠던 것이겠지.'

화수는 더 이상 아무런 말을 하지 않았고, 그녀 역시 입을 다물었다.

이윽고 들어선 숙소 안에선 중대원들이 신문지를 깔고 컵라면을 먹고 있다.

"대, 대장님!"

"충성!"

"그래, 쉬어. 그나저나 다들 뭐 하는 거야? 멀쩡한 밥을 내버려 두고 무슨 라면?"

"대장님께서 실종되었는데 밥이 목구멍으로 넘어가야지요."

화수는 실소를 흘렸다.

"후후, 난 또 뭐라고. 이렇게 살아 돌아왔으니 다들 제대로 식사하러 가자고."

"예, 대장님!"

"그나저나 김태하 중사는 좀 괜찮나?"

자리에 누워 있던 김태하가 미소를 지었다.

"괜찮습니다. 부중대장이 적절히 대처해서 목숨을 건졌습니다."

"그래, 나중에 김예린 대위에게 술 한잔 사라고."

"예, 대장님."

김예린은 안쓰러운 눈으로 김태하를 바라보았지만 그는 느끼지 못하고 있는 것 같았다.

화수는 상급 부대에서 내려온 공문의 내용을 전하였다.

"다들 주목!"

"주목!"

"상급 부대에서 공문이 내려왔다. 현 시간부로 우리 야차 중대는 대전 중대 본부로 이동하여 추가 명령이 있을 때까지 대기한다."

"어라? 그럼 이곳 전장은 어떻게 합니까?"

"아마도 중국군이 알아서 하겠지. 우리는 명령을 따라서 움직일 뿐이다."

"으음."

화수는 영문을 모르겠다는 표정의 부대원들에게 말했다.

"아직 공식화된 것은 아니지만 S—11의 타격이 결정될 듯하다. 아마 우리가 복귀하는 것도 그 때문인 것 같아."

"……!"

"아마도 목숨을 걸어야 할지도 모른다. 만약 공식적인 작전이 내려왔을 경우 거부 의사를 표현할 수 있도록 내가 미리 조치해 두겠다. 만약 거부감이 드는 인원은 그때 다시 얘기할 수 있도록."

중대원들은 전부 하나같이 야유를 보냈다.

"우우, 그건 아닙니다!"

"우리는 살아도 같이 살고 죽어도 같이 죽습니다!"

"그래, 너희들이 그렇게 얘기할 줄 진즉 알고 있었다. 형식상 건네본 것뿐이다."

화수는 이제 내키지 않는 짐을 싸기로 했다.

"김태하 중사는 들것에 싣고 나머지 인원은 장비를 챙겨서 이곳을 떠난다. 20분 후 숙소 앞에 집합한다. 이곳에서 식사나 좀 하고 떠나자고."

"예, 대장님!"

"위치로!"

명령을 내린 화수는 본인도 슬슬 짐을 챙기기 시작했다.

* * *

야차 중대가 중대 본부로 돌아왔을 무렵, 최성수가 미리 본부에 도착해 있었다.

화수는 중대 본부의 문을 열자마자 경례를 붙였다.

척!

"충성!"

"그래, 충성. 다들 잘 다녀왔나?"

"김태하 중사가 좀 다치긴 했습니다만, 대체로 괜찮습니다."

"다행이군. 이번에도 어려운 작전을 성공시켰어. 정말 수고 많았네."

"아닙니다."

최성수는 다소 어두운 표정을 짓고 있었다.

"자네들에게는 유감이네만, 곧바로 새로운 작전이 편성되었다. 강화수 중령."

"중령 강화수!"

"야차 중대를 이끌고 S-11을 정밀 타격하는 임무를 맡아주어야겠다. 타격 무기는 수소폭탄이다."

예상은 했지만 막상 작전 명령을 하달 받고 보니 뒷맛이 씁쓸해지는 화수이다.

그러나 그는 이미 군에 몸을 담기로 한 사람이다.

"작계와 일정은 나왔습니까?"

"리투아니아 지하에 구소련의 수소폭탄이 적재되어 있다는 첩보가 있었다. 러시아 정부가 수소폭탄의 진위 여부에 대해 조사하고 있지만, 사실상 수소폭탄은 확보한 것이나 다름없다는 것이 유엔군의 입장이다. 만약 이곳에서 수소폭탄을 확보하지 못한다면 차선책으로 두 번째 메가톤급 폭탄을 찾아내야 한다."

"흐음……."

"아무튼 리투아니아에서 수소폭탄을 확보한다고 가정했을 때, 우리가 작전에 투입되는 시간은 2주 뒤가 될 것이다. 몬스터 행동학자들은 지금까지 혼돈이 보여온 패턴대로만 움직여 준다면 대략 한 달 후에 북극에 닿을 것이라고 하더군. 우리는 그에 앞서 발 빠르게 S—11을 타격하고 Z—11과의 만남을 사전에 저지하는 것이다."

"만약 수소폭탄이 폭발하지 않으면 어떻게 되는 겁니까?"

"남은 것은 신에게 맡기는 수밖에."

최성수는 씁쓸하게 웃으며 말했다.

"모두들 계급장 앞에 '진' 자를 붙이고 있다고 들었다. 아마 다음 달이면 진급을 하겠지. 현 계급으로 벌이는 마지막 작전이라고 생각하게."

"예, 알겠습니다."

최지하는 최성수 대령에게 실소를 흘리며 말했다.

"영감님, 그나저나 우리가 이번 작전에서 살아 돌아오면 영감님은 별 다실 수 있는 겁니까? 그놈의 장군 진급은 언제쯤 인가가 난답니까? 이제 슬슬 새로운 지휘관을 좀 보고 싶은데."

"하하하!"

그녀의 농담에 최성수는 호탕하게 웃었다.

"하하! 나도 자네만큼 새로운 얼굴이 기대된다. 작전이 끝나면 아마도 인사이동이 있을 것이다."

"……?"

"아직 확정된 것은 없지만 대대적인 인사 개편이 있을 것이다. 그때 다시 얘기하도록 하지."

"그럼 야차 중대가 해체된다는 말씀이십니까?"

최성수는 고개를 가로저었다.

"기껏 다시 뭉쳐놨는데 굳이 해체를 할 이유가 없지 않나? 아마 상급 부대의 인사이동이 진행될 것이다. 그때 새로운 상관이 뽑히겠지."

"으음……."

작전을 앞두고 최성수의 인사이동 가능성에 대한 얘기가 나오자 분위기가 약간 침울해졌다.

최성수는 이러한 적막을 세상에서 가장 싫어하는 사내다.

"됐다. 이런 궁상은 그만 떨고 작전 전에 모두들 회포나 풀어둘 수 있도록. 이상."

척!

"충성!"

"해산하게."

"해산!"

브리핑을 마친 화수는 안 그래도 복잡한 마음이 더더욱 싱숭생숭해졌다.

*　　　*　　　*

체코 프라하의 작은 술집.

웅성웅성.

꽤 많은 사람이 모여 있지만 왁자지껄하지 않은 이 술집의 분위기는 상당히 특이하다고 할 수 있었다.

하지만 이 술집에 대해서 조금 더 심층적으로 알게 된다면 고개를 끄덕일 것이다.

이 술집은 카미엘 스토니필드가 개인적으로 소장한 술집인데, 이곳에 모인 사람들은 모두 그 휘하에 있는 경호원과 비서들이었다.

그러니까 이곳은 그들의 공무와 관련되어 있다 할 수 있었다.

상하 관계가 분명한 조직에서 술집을 운영하니 당연히 왁자지껄한 분위기는 찾을 수 없었던 것이다.

딸랑!

잠시 후, 술집의 비공식 오너인 카미엘 스토니필드가 문을 열고 들어섰다.

그의 부하들은 그가 들어왔음에도 별 내색을 하지 않고 자신들이 하던 이야기에 집중하고 있었다.

카미엘은 부하들을 지나쳐 바텐더에게 다가갔다.

"늘 마시던 것으로 두 잔."

"예, 회장님."

잠시 후, 그의 뒤를 따라서 백발 사내가 들어섰다.

그는 이제 50대 초반의 나이지만 집안 내력 탓에 모발이 전부 하얗게 물들어 버려 미스터 화이트라는 별명이 있었다.

중후한 멋이 있는 그의 외모에 백발까지 더해지니 아주 깊이가 있는 카리스마가 느껴졌다.

아마 미스터 화이트가 흑발이나 금발이었다면 지금과 같은 포스는 느껴지지 않았을지도 모른다.

"이쪽으로 오시지요."

"예, 회장님."

카미엘은 손을 내저으며 너스레를 떨었다.

"에이, 회장님이라니요. 사무총장님께서 저를 이렇게 내외하시면 서운합니다."

"하하, 제가 내외한 것처럼 보였습니까?"

"조금 그런 감이 있는 것 같군요."

"이런, 그런 의도는 전혀 없었는데, 오해를 하신 모양입니다."

"앞으론 회장님이라는 호칭은 좀 빼주시죠. 제가 자꾸 오해를 하잖습니까."

"그래요. 그럽시다."

미스터 화이트, 위기의 유엔을 이끄는 사무총장으로서 스위스 태생의 외교관이다.

위기관리 능력이 뛰어나 전 세계가 몬스터의 홍수로 인해 몸살을 앓고 있을 때 결정적인 역할을 해준 유엔의 수장이다.

사람들은 그를 외교 대통령이라며 칭송하고 있으며, 이미 노벨 평화상을 두 번이나 수상한 특이한 경력이 있다.

통칭 미스터 화이트, 본명은 알렉산더 재기인 이 사내는 지금 몬스터학회의 회장과 만나고 있는 것이다.

그렇지만 오늘의 만남에는 조금 특별한 무언가가 있어 보였다.

"리투아니아의 폭탄은 수소문 되었습니까?"

"그렇긴 합니다만, 자금과 이해관계의 문제가 좀 있습니다."

"자금은 그렇다 쳐도 무슨 이해관계가 있다는 것입니까?"

"아시다시피 리투아니아는 구소련 지역입니다. 만약 그것을 제대로 꺼내어 사용하자면 그에 합당한 로열티를 지불해야 할 것입니다. 한데 리투아니아와 러시아는 이제 각각 다른 나라이고 엄연히 따지자면 제2 차르봄바는 원래 러시아의 소유입니다."

"으음, 꽤 복잡하게 얽혀 있군요."

"이 폭탄의 로열티는 수십억 달러에 이를 테니 당연히 이해관계가 발생할 수밖에요."

"한쪽이 양보할 수는 없겠지요?"

"리투아니아는 미국을 등지면서까지 제2 차르봄바의 소유권을 주장했습니다. 러시아는 말할 것도 없고요."

"세계의 평화를 위한 일인데 다들 너무하는군요."

"그래서 말인데, 회장님께서 이해관계를 정리해 주시면 어떨까 하는 생각을 해봅니다."

"제가요?"

카미엘은 실소를 흘렸다.

"하하, 전 세계 외교 대통령이라는 분이 어째서 저에게 그런 중임을 맡기시는 겁니까?"

알렉산더는 고개를 가로저었다.

"잘 아시지 않습니까? 이제 유엔은 예전의 세계의 경찰이 아닙니다. 질서를 유지하는 수호자의 모습처럼 보이지만 실질적으론 허울만 남은 껍데기에 불과합니다."

몬스터의 창궐 이전의 유엔군은 평화유지군 등을 운용하며 전 세계에 곳곳에 영향을 미치며 민생을 구호해 왔다.

그러나 몬스터가 창궐하고 난 이후 유엔이 산발적으로 일어나는 사태에 제대로 대응하지 못하면서 그 영향력이 다소 축소된 상태였다.

물론 국제법에 의거하여 유엔이 아직까지 힘을 발휘하고 있는 것은 사실이나 그것은 어디까지나 수박 겉핥기에 불과했다.

아마 전 세계를 아우를 수 있는 차기 연맹이 탄생한다면 유엔은 이 세계에서 그 이름이 지워질 수도 있을 것이다.

유엔사무총장이 카미엘 스토니필드에게 사사로이 이런 부탁까지 하는 것은 그들의 능력이 어디까지 실추되었는지 잘 알 수 있게 해주는 대목이다.

카미엘은 그의 부탁을 단박에 받아들이지 않았다.

“뭐, 불가능할 것은 없어 보입니다. 하지만 제가 이 일을 해드리는 대신 저도 부탁이 있습니다.”

“부탁이요?”

“책임지고 괴물의 숲을 불태워 주십시오.”

“괴물의 숲이라… 러시아 레나강 중류에 있는 그 숲을 말씀하시는 겁니까?”

“예, 그렇습니다. 괴물의 숲은 인류의 적이 분명합니다. 하지만 제가 인맥을 동원해서 그곳을 제거하려고 해도 그 땅은 엄연히 러시아의 국유지입니다. 제가 어떻게 하고 싶다고 해서 될 것이 아니지요.”

“흠.”

“만약 그것만 성사된다면 제가 아주 편안하게 그들을 중재하고 제2 차르봄바를 한국에 인계할 수 있게 되겠지요.”

알렉산더는 고개를 끄덕였다.

“뭐, 좋습니다. 그렇게까지 말씀하신다면 제가 원하는 바를 이뤄 드려야지요.”

“탁월한 선택입니다. 하나 이것은 저 혼자만의 학설을 완성시키기 위함이 아닙니다. 이 모든 것은 인류를 위한 일입니다. 그것만은 알아주십시오.”

그는 호탕하게 웃었다.

"하하! 이 세상에서 회장님의 은공을 모르고 사는 사람은 없을 겁니다. 다만 그 은공이 얼마나 큰 것인지 깨닫지 못했을 뿐이지요."

"그리 말씀해 주시니 아주 큰 힘이 되네요."

"아닙니다. 사실을 말했을 뿐인데요."

이제 두 사람은 자리에서 일어섰다.

"그럼 일어나서 적당히 술 한잔하실까요?"

"그럴까요?"

"오늘은 제가 모시겠습니다."

"마다하지 않겠습니다. 어디 외교 대통령님의 통을 한번 볼까요?"

"놀라실 겁니다."

"하하, 기대하지요!"

두 사람은 조금 더 친근해진 모습으로 술집을 나섰다.

* * *

리투아니아 빌뉴스 대통령궁으로 스토니필드 그룹의 재무이사 카린 엑트리나가 찾아왔다.

대통령궁을 찾아온 카린 엑트리나를 바라보는 각 내각들의 시선이 곱지 않았다.

"…카미엘 회장의 특사라……."

"제가 러시아 사람이라 감정이 좋지 않다는 것쯤은 잘 알고 있습니다. 하지만 이번에는 인종과 국가를 상관하지 말고 저를 받아주셨으면 합니다."

"말이 쉽지, 그게 어디 사람 마음대로 되겠습니까?"

사실 리투아니아가 러시아에게 반감이 큰 것은 사실이지만 이렇게 공식적인 자리에서 사람을 비꼬는 짓까지는 하지 않는다.

이들이 카린 엑트리나를 이토록 꺼리는 이유는 바로 카미엘이 자신들에게 무슨 술수를 부릴지 모른다는 생각 때문이었다.

리투아니아의 전 대통령 아르다비스 모티유나스는 카미엘이 미국과 러시아를 압박하여 만들어낸 경제 압박 때문에 자살을 하고 말았다.

스토니필드 그룹은 리투아니아의 국채를 다량으로 보유하고 있던 미국, 러시아계 은행 네 곳을 인수, 합병하여 그것으로 리투아니아를 압박하였다.

나라의 기반이라 할 수 있는 대다수의 기업이 이 은행들에게 융자의 줄을 대고 있던 바, 리투아니아의 타격은 엄청날 수밖에 없었다.

모티유나스 대통령은 카미엘이 러시아의 사주를 받아 벌인 영유권 전쟁에서 땅을 내어주지 않는 대신에 자살을 선택하였다.

그의 사후에 유엔의 권고 조치로 잠깐의 금융 사태는 일단락을 내렸으나, 리투아니아 기업들이 줄줄이 나자빠져 경제공황이 찾아올 뻔했다.

다행히도 리투아니아의 국민들이 대통령궁을 중심으로 똘똘 뭉쳐 공황을 이겨냈지만 러시아의 압박은 지금도 계속되고 있었다.

상황이 이러하니 카린 엑트리나의 방문이 달가울 리 없는 리투아니아의 내각이다.

리투아니아의 현 대통령 도나타스 사보니스는 다소 격양된 목소리의 내각들을 차분하게 가라앉혔다.

"그만하시죠. 일단 좀 앉으십시오."

"그렇지만……."

"오늘은 최소한 악의를 가지고 오신 것은 아닐 테지요."

도나타스의 눈빛이 카린을 향했다.

"…그렇지요? 그런 것은 아니겠지요?"

"뭐, 그런 셈이지요."

도나타스가 카린을 우호적으로 생각하여 내각들을 다잡은 것은 절대로 아니다.

죽은 아르다비스 모티유나스 전 대통령은 그와 절친한 친구로서 한 동네에서 무려 50년 동안이나 우정을 쌓은 죽마고우였다.

죽마고우를 죽인 그들이 곱게 보일 리 만무한 도나타스이다.

그렇지만 그는 끝까지 차분하게 그녀를 맞았다.

"그나저나 이곳까진 어쩐 일이신지요?"

"제안을 하나 하려고요."

"제안이요?"

"저희들이 당신들의 국채를 상환해 드리겠습니다."

순간, 대통령과 내각들의 고개가 좌로 기울어졌다.

"…뭘 어째요?"

"국채를 상환한다고요?"

"네, 그렇습니다."

리투아니아의 국무총리 잘기라스 아르비스는 낮게 으르렁거렸다.

"장난을 쳐도 정도껏 쳐야지, 남의 나라를 쑥대밭으로 만들어놓고 뭘 어째?"

"러시아의 채무를 모두 상환해 드리면 앞으로 그런 농간을 당할 일은 없겠지요."

"……"

"생각을 좀 해보세요. 당신들이 진짜 능력이 없어서 그들에게 당한 겁니까? 그건 아니지요. 러시아가 작정을 하고 그런 짓거리를 벌였으니 당할 수밖에요. 그 밖에 그들과 첨예하게 엮인 이해관계가 모두 당신들에게 칼을 들이댄 겁니다. 이제는 그런 일이 없도록 해드리겠다는 겁니다."

실제로 러시아가 리투아니아의 국채를 가지고 지금까지 엄포를 놓고 있는 것을 생각하면 참으로 답답한 상황이 아닐 수 없었다.

그렇다면 리투아니아로선 이들의 제안을 받아들이는 것이 엄청난 이득이라 볼 수 있었다.

"그 금액이 어마어마할 텐데, 갑자기 그것을 상환해 준다는 이유가 뭡니까?"

"조건이 있지요. 제가 제안이 있다고 하지 않았습니까."

"말씀해 보시지요."

도나타스의 말에 그녀는 아주 간단하게 말했다.

"러시아와의 분쟁으로 묶여 있는 제2 차르봄바의 소유권을 포기하십시오."

"……!"

"물론 그것을 러시아가 사용하는 것은 아닙니다. 그들에게 인센티브를 주고 유엔에서 사용하게 될 겁니다. 그러니 분쟁에 대한 걱정은 하지 않아도 됩니다."

"하지만 제2 차르봄바를 넘기게 되면 영토 분쟁에서 우리가 불리한 입장이 됩니다만? 저들은 수틀리면 군대를 이끌고 넘어오고도 남을 사람들입니다."

"때에 따라선 그럴 수도 있겠지요. 하지만 원래 전쟁이라는 것이 그렇습니다. 이득이 될 만한 물건이 있으면 그것을 차지하게 위해 싸우는 것, 이것은 약육강식의 세계에서도 통용되는 것이지요. 그러나 이번엔 다릅니다. 러시아에서 다시는 영토를 넘보지 못하도록 아주 못을 박아드리지요."

"어떻게 말입니까?"

"러시아에 제2 차르봄바의 소유권을 넘기면서 영토 분쟁에서 다시는 소유권을 주장하지 못하도록 문서를 받아낼 겁니다."

"그들이 미쳤다고 영토를 포기하겠어요?"

"그럼 북극해에 러시아 무기를 떨어뜨려 유엔과 동북아시아 몬스터 수렵 협회의 거대 세력이 되는 기회를 그들이 놓치겠습니까?"

"으음."

"다들 아시다시피 몬스터 수렵은 국토를 방위하기 위해서만 사용되는 행위가 아닙니다. 몬스터 코어라는 고부가가치 산업을 창출하는 유일한 방편이지요."

천연가스나 석유 등의 에너지가 사라지고 몬스터 코어가 새로운 에너지원으로 자리를 잡음에 따라 코어를 최대한 많이 보유하고 생산하는 국가가 에너지 강국으로 떠오르고 있었다.

그런 면에서 본다면 러시아에게 제안할 이 사안은 꽤나 중차대한 일이라 볼 수 있었다.

동북아시아의 수렵 협회에서 현재 1위의 세력을 행사하고 있는 나라는 단연 한국이고, 그들이 벌어들이는 수렵 수입과 코어 수입은 거의 나라 하나를 세우고도 남을 정도이다.

예전에는 나라의 코어 관련 제도가 정착되지 않아서 그 모든 것이 힘을 발휘하지 못했지만 지금은 상황이 완전히 반전되었다.

이제 그들이 수렵 협회에서 힘을 쓰고 실제 사냥에서 앞서 나가는 만큼 러시아는 한국에 대한 압박을 받을 수밖에 없었다.

이러한 가운데 유엔군이 러시아의 무기를 사용해서 S—11 사태를 종식시키게 되면 얘기는 달라진다.

러시아가 제2 차르봄바와 영토, 이 두 개의 토끼 중 하나를 고른다면 무엇을 고를지는 뻔한 것이다.

"어때요? 저의 제안이 아주 나쁘지는 않지요?"

"으음, 그렇긴 하군요."

"자, 그럼 다시 얘기하겠습니다. 제2 차르봄바를 포기하시겠습니까?"

도나타스 대통령은 그녀에게 넌지시 물었다.

"이 모든 것을 문서화시켜 주실 수 있는 것이지요?"

"당연합니다. 이미 그에 대한 절차는 모두 다 마친 상태입니다."

총리를 비롯한 내각은 그의 의중을 다시 한 번 물었다.

"각하, 정말로 저들에게 폭탄을 내어주실 겁니까?"

"…그럼 언제까지 러시아에 끌려다닐 수는 없는 것 아닙니까?"

"하지만 스토니필드 그룹을 믿을 수 있냐는 것이 문제지요."

"문서는 거짓말을 하지 않습니다. 번복도 할 수 없지요."

"흠……."

그는 카린의 제안을 받아들이기로 했다.

"폭탄은 문서가 도착하고 우리가 그것을 전부 수용하게 되었다는 보증을 받으면 넘깁니다. 괜찮죠?"

"당연한 소리를."

그녀는 대통령에게 악수를 건넸다.

"그럼 협상은 이뤄진 것이지요?"

"그렇습니다."

"말이 잘 통해서 좋군요."

"……."

두 사람은 다소 불편한 조약을 맺게 되었다.

*　*　*

같은 시각, 스토니필드의 경영 총괄 이사 진충린이 러시아 크렘린궁을 방문하였다.

그는 러시아에게 리투아니아의 영토 불가침조약을 제안하였고, 그것을 문서로 작성하였다.

"이곳에 직인을 찍고 공증을 해주시면 됩니다. 그럼 제2 차르봄바에 대한 소유권은 러시아에게 안정적으로 넘어가게 될 것입니다."

"하지만 우리는 차르봄바에 대한 소유권을 행사할 수 있는 전통성이 있습니다."

"국제사회는 그렇게 생각하지 않습니다. 분위기를 보시면 알 수 있지 않습니까? 특히나 한국이 꽤 많은 비난을 보내왔습니다. 솔직히 말하자면 그런 이유 때문에 아직까지 그곳을 침탈하지 못한 것 아니었습니까?"

"……."

"강화수 중령이 이끄는 야차 부대를 필두로 모인 몬스터 수렵 원정군이 다녀간 이후 러시아는 모든 것이 변했습니다. 그렇지요?"

러시아는 한때 시베리아에서 발생한 몬스터의 창궐과 S—11의 압박으로 인해 정세가 상당히 불안해졌다.

국민은 모두 남쪽으로 피신을 가고 대부분의 공장과 기차는 전면 운행이 중단되었다.

만약 한국군이 러시아로 파병을 하지 않았다면 지금쯤 러시아는 강대국 반열에서 내려와 쇠퇴의 길을 걷게 되었을 것이다.

현재 한국과 수교가 되지 않은 제3국이 몬스터의 창궐로 인해 골머리를 앓는 바람에 경제 기반이 다소 무너진 것을 생각하면 천만다행한 일이었다.

그런 그들에게 한국의 목소리는 생각보다 크게 작용할 수밖에 없었다.

"…갑자기 한국을 들먹이는 이유가 뭡니까? 당신들, 한국을 이용해서 우리에게 뭐 얻어낼 작정인 겁니까?"

"그런 뜻은 없습니다. 그냥 사실을 말했을 뿐입니다. 그리고 우리가 한국을 압박한다고 그들이 말을 듣기나 하겠습니까?"

"뭐, 그건 그렇지만……."

"아무튼 국제사회는 차르봄바에 대한 소유권을 인정하지 않습니다. 그러니 불가침조약에 서명하시고 다시 강대국의 타이틀을 거머쥐시지요."

러시아의 국무총리 사바 볼코프는 고민에 빠지고 말았다.

"흠……."

"잘 생각하십시오. 잘못하면 이 문제가 다른 국면으로 접어들 수도 있습니다."

"일단 생각할 시간을 좀……."

"안 됩니다. 중차대하다고 말씀드리지 않았습니까? 화급을 다투는 일에 유보는 있을 수도 없지요."

"……."

"결정하시지요. 듣기론 대통령께 전권을 위임받았다고 하던데요."

사바 볼코프는 결단을 내리기로 했다.

"…좋습니다. 뜻대로 합시다."

"후회하지 않는 것이지요?"

"두 번 묻지 마십시오. 혼란스럽습니다."

"하하, 좋습니다. 그럼 직인을 찍고 공증해 주시지요."

"알겠습니다."

사바 볼코프는 자신이 옳은 결정을 내렸기를 바라는 마음으로 협정서에 조인하였다.

제3장

의외의 만남

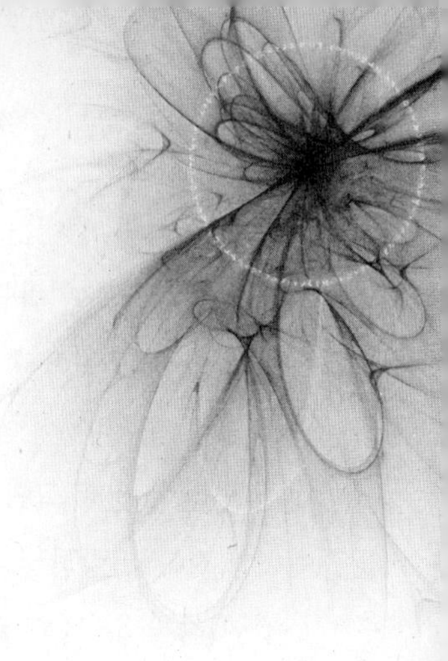

러시아와 리투아니아의 마찰로 인해 소란을 빚은 제2 차르봄바에 대한 문제가 해결되면서 S—11에 대한 직접 타격이 급물살을 탔다.

리투아니아에서 러시아로, 여기서 다시 한국으로 넘어온 제2 차르봄바는 이것을 떨어뜨릴 야차 부대에게 전달되었다.

화수가 이끄는 야차 중대는 작전을 수행하는 포인트 KS—11까지 평화 유지군과 다국적 연합군의 호위를 받아 이동하게 된다.

모든 작전의 총괄은 한국 수렵 사령부에서 이뤄지며 수행 작전의 변경과 진행의 권한은 화수에게 주어진다.

지금 야차 중대는 이 엄청난 크기의 미사일을 어떻게 운반할지에 대해 고민하는 중이다.

"설마하니 우리가 살면서 수소폭탄을 옮기게 될 줄은 꿈에도 몰랐습니다."

"인생이 원래 그런 거지, 뭐."

최지하는 작전을 속전속결로 끝내야 한다고 주장하였다.

"어차피 S―11을 없애는 것이 목적이라면 주변을 미리 초토화시켜 놓고 생각하는 것도 나쁘지는 않다고 생각해."

"주변을 정리한 후에 다이렉트로 치고 나가자?"

"아마도 그편이 가장 깔끔하고 빠르지 않을까?"

"흠……."

그녀는 작전 상황판에 달린 지도에 분필을 가져다 대며 설명했다.

"S―11은 북극해 한가운데에 있고 그 주변으론 엄청난 숫자의 몬스터들이 상주하고 있어. 하지만 공중 공격이 가능한 몬스터는 대략 1/3밖에 안 될 거야. 그러니 연합군이 놈들의 시선만 잘 끌어주면 일이 쉽게 풀리겠지."

"다소 희생이 따를 텐데?"

"희생 없는 작전도 있나? 만약 우리가 몬스터들을 죽이면서 폭탄을 호위한다면 언제 작전 포인트까지 갈 수 있을지 알 수 없어. 재수가 없으면 1년, 2년, 10년이 걸릴 수도 있지."

김예린이 그녀의 말에 힘을 실어주었다.

“맞습니다. 제 생각도 행정 보급관과 같습니다.”

“작전에 타당성은 분명하지만 희생이 너무 크다. 다른 작전을 구상해 보는 것이 어떻겠어?”

“글쎄요. 시간이 그리 많지 않으니…….”

“그래도 생명은 소중하다. 인류를 살리겠다고 떨어뜨리는 폭탄 작전인데 사람이 너무 많이 죽으면 쓰겠나?”

“으음, 알겠습니다. 그럼 남은 기간 동안 충분히 상의하고 결정하시지요.”

작전 회의가 한창인 가운데 화수에게 뜻밖의 목소리가 들려왔다.

똑똑.

“강화수 중령님?”

“노부사 키라유키 준장님?”

척!

“반갑습니다.”

“네, 저도요.”

화수의 거수경례를 경례로 받은 그녀는 화수에게 잠시 시간을 내어줄 것을 요청했다.

“커피 한잔 하실래요?”

“심각한 얘기인가요?”

"아닙니다. 그저 시간이 조금 필요할 뿐이지요."

"좋습니다."

화수는 부하들에게 이만 해산할 것을 명령하였다.

"내일까지 작전을 구상해서 다시 만나자고. 이만 해산."

"예, 대장님!"

그는 부하들을 내보내고 둔산동 시가지로 향했다.

* * *

늦은 오후, 둔산동 시가지에는 수많은 사람들이 돌아다니고 있었다.

키라유키 준장은 화수와 함께 시가지를 걸으며 커피와 와플을 먹고 있는 중이다.

"이러니 꼭 데이트를 하는 것 같네요."

"하하, 그런가요?"

"으음, 내가 남자와 데이트를 한 적이 도대체 언제였더라?"

"부군께서 계시지 않습니까?"

그녀는 어색한 미소를 지었다.

"헤어졌어요. 자식들이 없어서 꽤 빨리 정리가 되었죠."

"아아, 죄송합니다. 미처 몰랐습니다."

"호호, 제가 원래 개인사를 남에게 잘 드러내지 않아서 말이죠. 아마 이혼 경력이 있다는 것을 아는 사람은 그리 많지 않을 겁니다."

노부사는 조금 아련한 눈으로 거리를 바라보았다.

"내 청춘, 조금 아깝기도 하네요."

"그만큼 많은 업적을 이루셨습니다. 그건 변함이 없지요."

"그리 인정해 주시니 뭐라 감사의 말씀을 드려야 할지 모르겠네요."

그녀는 화수에게 명함을 한 장 건넸다.

"서론이 좀 길었죠?"

"아닙니다. 그나저나 이건 뭡니까?"

"중요한 작전을 앞두고 있다고 들었어요."

"아주 큰 작전이지요. 아마 제가 수렵을 벌인 세월을 통틀어 가장 큰 작전이 아닐까 싶습니다."

"이 사람을 한번 만나주세요. 당신이 작전을 나가기 전에 꼭 만나야겠다고 저에게 줄을 댄 사람입니다."

"나탈리아 노비코바 박사? 요즘 괴물의 숲에서 피켓 시위를 벌이고 있는 사람이 아닙니까?"

"맞아요."

"노비코바 박사가 갑자기 저를 왜 만나고 싶어하는 겁니까?"

"만나보면 알아요."

"흠."

"아마 만난 후의 삶과 지금의 삶은 많이 달라져 있을 겁니다. 제가 장담하지요."

화수는 그녀에게서 받은 명함을 갈무리했다.

"언제까지 만나면 되는 겁니까?"

"최대한 빨리요. 빠르면 빠를수록 좋아요."

"하지만 지금 당장은 시간이 좀 촉박해서……."

"알아요. 하지만 제가 꼭 부탁드릴게요. 그녀를 만나주세요."

지금까지 그녀가 이렇게 간곡히 부탁하는 적을 본 적이 없는 화수로선 머리가 좀 혼란스러웠다.

그러나 그녀의 부탁이니 거절할 수도 없었다.

"좋습니다. 준장님의 부탁이니 받아들이지요."

"고마워요. 언젠가는 당신의 선택이 옳았다는 것을 깨닫게 될 겁니다."

그녀는 화수의 팔에 팔짱을 끼웠다.

"자, 그럼 본론이 끝났으니 결론으로 넘어가 볼까요? 결론은 오늘 당신과 잠깐 데이트를 즐기는 거예요."

"하하, 좋지요."

두 사람은 한동안 그렇게 거리를 거닐며 얘기를 나누었다.

* * *

캐나다 퀘벡의 작은 여관 '노란 요정'의 문짝에 쌀쌀한 바람이 불어온다.

딸랑!

귀여운 물고기 문양의 풍령이 흔들리며 바람과 함께 누군가 찾아왔다는 것을 알렸다.

회색 코트와 검은색 정장을 입은 화수가 들어서자, 여관 주인이 알아서 호실을 일러주었다.

"205호로 가세요."

"감사합니다."

여관 주인의 안내를 따라서 205호로 가보니 문이 조금 열려 있다.

화수는 작게 노크하였다.

똑똑.

"문 열려 있습니다. 들어오세요."

"그러지요."

그녀의 낭랑한 목소리가 화수의 귓전을 울리는 가운데, 그는 내부의 전경을 바라보곤 살짝 당황하고 말았다.

솨아아아아!

따끈한 물이 욕조를 가득 채우고 있고 그녀는 욕조에 몸을 담근 채 화수를 맞이한 것이다.

"험험, 제가 시기를 잘못 맞춘 것 같네요. 다시 오겠습니다."

"아니요. 괜찮아요. 이대로 얘기해도 좋다고만 하신다면 저는 이대로 대화하고 싶은데요?"

"큰 지장이 있는 것은 아닙니다만……."

"그렇다면 이대로 얘기하시죠. 귀한 시간을 내어주셨는데 제가 또다시 시간을 빼앗을 수는 없잖아요?"

"뭐, 그렇다면야……."

화수는 외투를 벗고 차분한 마음으로 의자에 앉았다.

나탈리아의 매끈하고 탄탄한 몸매가 화수의 뇌리를 자꾸만 맴돌고 있었지만 그녀는 말을 이었다.

"저를 찾아오신 것을 보니 노부사 준장을 만나셨군요?"

"예, 그렇습니다."

"준장은 제 이모님의 친구입니다. 두 사람은 워낙 막역한 사이라 거의 친자매나 다름이 없다고 보시면 됩니다."

"그렇군요."

그녀는 슬슬 서론을 늘어놓았다.

"아마 제가 당신에게 호구조사나 보고하려고 만났나 싶을 겁니다. 하지만 이에는 그만한 이유가 있어요. 당신이 노부사 준장을 신뢰한다면 그 절친한 친구의 조카인 저도 어느 정도는 신뢰할 것이라고 생각했거든요."

"노부사 준장께서 당신을 소개해 주신 그때부터 이미 검증된 셈입니다. 그러니 그 부분에 대해선 굳이 말씀하지 않으셔도 됩니다."

"하지만 제가 하려는 이 이야기는 그런 신뢰가 바탕이 되어도 수용하기 힘들어요."

"뭐, 어느 정도는 각오하고 있습니다."

그녀는 화수에게 욕조 반대편에 있는 테이블을 가리키며 말했다.

"일단 술이라고 한잔하시죠. 제가 이런 꼴이라서 직접 따라 드리긴 힘들고, 가져다 드시겠어요?"

"뭐, 그러죠."

테이블 위에는 각종 술이 진열되어 있었는데, 화수는 그중에서도 도수가 높은 보드카를 집었다.

"이게 좋겠네요."

"으음, 역시 군인의 취향은 강렬함이죠. 특히나 당신처럼 몬스터를 때려잡는 마초에겐 제격이에요."

그녀는 자신의 옆에 있는 와인 잔을 잡았다.

"건배할까요?"

"좋지요."

팅!

술병과 와인 잔이 부딪치며 다소 둔탁한 소리가 들렸다.

꿀꺽꿀꺽!

강렬함이 위장까지 전해지는 보드카를 한가득 머금은 화수는 감탄사를 내뱉었다.

"으음, 좋은데요?"

"귀한 손님이 오셔서 귀한 것으로 사왔어요. 괜찮아요?"

"물론입니다."

그녀는 이제 술잔을 내려놓고 본론으로 넘어가기로 했다.

"제가 이곳 퀘벡으로 당신을 부른 이유가 궁금할 겁니다. 그렇죠?"

"예, 조금은요."

"이곳 퀘벡에는 제 전용기가 있어요. 정확하게 말하면 가문의 전용기이지요. 전용기는 약간이지만 스텔스 기능이 내장되어 있습니다. 만약 군사 지역을 지난다면 아주 유용하게 쓰일 겁니다."

"스텔스요?"

"네, 스텔스요. 경비행기이긴 하지만 레이더에 잡히지 않아요."

그는 고개를 갸웃거렸다.

"스텔스가 되는 경비행기를 타고 어디를 간다는 겁니까?"

"괴물의 숲이요."

"괴물의 숲이라……."

"아마 제가 괴물의 숲을 거론해서 의아하셨을 겁니다. 그래요, 그럴 테지요. 다짜고짜 그곳을 거론했으니 말입니다."

"조금은 그렇군요."

"하지만 당신은 그곳에 가야 할 필요가 있어요."

"……?"

바로 그때, 창문이 열리며 한 신형이 튀어나왔다.

파밧!

순간, 화수는 자신의 눈을 의심하였다.

"어, 어어?"

"@$#^#$^&^&."

화수의 눈앞에 모습을 드러낸 사람은 레서 드래곤과의 대결에서 화수를 구해준 초인이었다.

그는 눈을 비비며 초인을 바라보았다.

"다, 당신은… 도대체 뭐가 어떻게 된 겁니까?"

"#$%^%$&%^&!"

"……?"

"아마 예전에는 인간의 언어를 했을 겁니다. 아니, 그렇게 들렸겠지요. 하지만 그때는 일시적으로 말이 통하는 마법을 걸어두었던 것이랍니다."

"마법이라니요?"

초인은 화수의 주의를 자신에게로 집중시켰다.

"$%$%^*……."

그는 손가락으로 자신의 얼굴과 행색을 가리켰는데, 그 복색

이 얼마 전 혼돈과의 전투에서 본 수수께끼의 종족과 같았다.

화수는 그제야 그들과 초인이 한 종족이라는 것을 깨달았다.

"아아! 당신이 그 귀가 뾰족한 도사들과 동족이었군요!"

"@$^%$……!"

아마 무슨 말을 하는 것인지 알아듣지는 못할 테지만 화수의 표정과 눈빛에서 모든 것을 읽어낸 모양이다.

보디랭귀지로만 대화하는 그들에게 나탈리아가 말했다.

"괴물의 숲으로 갑시다. 그곳으로 가서 신성한 나무께 부탁을 해봐요. 아마 언어가 통하도록 도와주실 거예요."

"신성한 나무라……."

"신성한 세계수는 숲을 지키는 수호신입니다. 고대의 정령사가 땅에 뿌리를 박고 직접 숲을 잉태하였지요."

"……?"

"아마 제가 지금 무슨 소리를 하는 것인지 이해할 수 없을 겁니다. 그러니 그곳으로 가요. 그곳에 답이 있습니다."

화수는 일단 고개를 끄덕였다.

"좋습니다. 지금 괴물의 숲으로 갑시다."

"그래요. 역시 꽉 막힌 사람은 아니네요."

"저의 목숨을 두 번이나 구해준 사람들입니다. 꽉 막히고 자시고 믿음이 갈 수밖에요."

"후후, 그렇다면 더 얘기가 쉽겠네요."

화수는 그녀의 전용기를 타고 레나강 중류로 향했다.

*　　*　　*

레나강 중부에 위치한 울창한 숲에 들어선 화수는 자신의 눈을 비비고 또 비볐다.

꾸그그그그.

숲으로 들어온 화수에게 아름드리나무들이 손을 흔들어 인사를 건네는가 하면 빛이 나는 나비와 거미 인간, 반인반수 등이 그에게 몰려들어 환대해 주었다.

—꺄르르르르!

"이들은 다 누구입니까?"

"숲의 일족이에요. 숲의 일족은 모두가 친구지요. 숲을 사랑하는 사람들에겐 한없이 넉넉하고 자애로운 이들입니다."

생전 처음 보는 모습의 종족이었지만 화수를 대하는 모습이나 그 행동에는 한없는 천진난만함이 배어 있는 것 같았다.

그녀는 화수를 숲의 중앙으로 이끌었다.

"오솔길을 따라서 걷다 보면 세계수가 보여요. 저는 그곳까지 갈 수가 없으니 당신 혼자서 가야 해요."

"……?"

"가보면 내가 무슨 말을 하는 것인지 알 수 있을 겁니다."

화수는 그녀의 말처럼 혼자서 숲의 오솔길을 걸었다.

새가 지저귀는 소리와 풀벌레 우는 소리, 산들바람에 흔들리는 나무의 소리는 그의 영혼을 치유해 주었다.

만약 그가 낙향해서 군을 등진다면 이런 숲에서 살아보고 싶다는 생각이 들 정도였다.

잠시 후, 숲길을 걸어 움직이던 화수의 뇌리에 텔레파시가 날아들었다.

우우우우웅.

순간, 그는 이것이 S—11과 A—11이 보내온 파동과 비슷한 종류임을 알 수 있었다.

그의 걸음이 점점 빨라졌다.

이 파동을 해석할 수 있는 수단은 아직까지 없었지만 어찌 되었든 간에 S—11이 적대적인 세력이 아니라는 생각이 문뜩 들었기 때문이다.

그는 노부사가 왜 인생이 바뀔 것이라고 한 것인지 가늠할 수 있었다.

"그래, 평생 S—11을 저주하면서 살아온 내가 파동의 진위를 판별할 수 있다면 인생의 전환점을 맞이하게 되는 셈이지."

긴장이 되면서도 오묘하게 떨리는 이 기분은 화수가 태어나 처음으로 느껴보는 것이었다.

잠시 후, 화수의 발걸음이 숲의 중앙에 닿았다.

그는 고개를 들어 세계수라 불리는 나무를 바라보았다.

스르르르릉.

아름다운 외모의 여인이 들어가 박힌 형상의 세계수는 아주 은은한 푸른빛을 사방에 흩뿌리며 숲의 중심을 잡아주고 있는 모습이다.

그녀가 화수에게 말을 걸어왔다.

—$%^&%$^*&#%…….

"……?"

화수가 말을 알아듣지 못하자 그녀는 가까이 오라는 손짓을 했다.

그녀가 시키는 대로 나무에 가까이 다가가자, 그의 다리에서부터 은색 나무줄기가 올라와 전신을 감싸기 시작했다.

스스스스, 팟!

바로 그때, 화수의 눈과 귀에서 은빛무리가 뿜어져 나왔다.

화수는 그제야 그녀의 말을 알아들을 수 있게 되었다.

—반가워요. 나는 숲의 종족 엘프의 수호자인 세계수 니헤르라고 해요.

"어, 언어가……."

—숲의 마법이랍니다. 당신은 이제 저와 엘프들의 말을 알아들을 수 있을 겁니다.

태어나 처음으로 마법이라는 술법을 접한 화수는 다소 혼란을 느꼈다.

그녀는 화수의 혼란을 한마디로 정리해 주었다.

—이 세상에는 수많은 사람들이 삽니다. 그리고 그 지구라는 세상의 반대편에는 또 다른 세계들이 존재하지요. 우리는 그 반대편에서 왔습니다. 그러니 마법이라는 수단이 어색한 당신이 이해가 됩니다. 우리도 과학이라는 학문이 참으로 신기했거든요.

"그렇군요. 이계에서 온 종족이라……."

언젠가 몬스터가 지구가 아닌 이계에서 왔을 것이라는 주장이 학계를 통해 세상에 나온 적이 있다.

물론 그 주장은 순식간에 매장되어 사라졌지만 아직까지 일부 학자들에게선 정설처럼 여겨지고 있었다.

그녀는 화수에게 S—11과 A—11에 대한 얘기해 주었다.

—우리가 살던 세상은 루야나드라고 불립니다. 그곳은 인간의 모습을 한 우리 숲의 종족 엘프도 있고 나비나 숲의 형상을 한 정령들도 있습니다. 또한 당신들을 습격한 몬스터들도 자생하지요. 이 모든 생명체를 관장하는 종족이 있습니다. 우리는 그들을 드래곤 일족이라고 불렀지요.

"드래곤이라?"

—루야나드와 아공간의 수호자입니다. 그들은 10만 년을 사는 고대인입니다. 세상을 이끄는 현자이며 가장 강력한 관

리자죠. 드래곤 일족은 루야나드가 지구라는 이 공간과 이어진다는 사실을 잘 알고 있었습니다. 그래서 10만 년 동안 지구와 루야나드가 이어지는 공간을 수호하고 있던 겁니다. 하지만 몬스터들은 지하의 마족들에 의해 지배를 받게 되었습니다. 드래곤들이 루야나드를 지키는 데 오롯이 모든 힘을 다한다는 사실을 깨닫곤 반역을 꽤한 것이지요.

"그렇다면 이곳에 있는 몬스터들은 그들이 창궐시킨 것이겠군요."

—그렇습니다. 몬스터들은 원래 아공간을 떠날 힘이 없습니다. 하지만 마족이 가진 사술을 통하여 안전한 통로를 얻었습니다. 그리고 이곳 지구를 점령할 목적으로 아공간을 뛰어넘은 것이지요.

"도대체 무엇을 위해서요?"

—새로운 땅, 지하를 벗어난 삶을 위해서요.

"그렇다면 S—11이나 A—11은……."

—드래곤 일족의 로드와 대현자입니다. 대현자께서는 북극해 중앙에 난 거대한 입구를 자신의 용언으로 틀어막았고, 드래곤 로드는 인도네시아의 화산에 난 구멍을 자신의 용언으로 막았습니다. 그들은 아공간을 수호하지 못한 자신들의 잘못을 속죄하는 의미에서 평생 동안 스스로를 희생하기로 한 겁니다.

"……!"

—만약 원하신다면 대현자 아스타로스 님을 만나 뵙고 얘기를 들으실 수 있을 겁니다.

화수는 머리가 복잡해졌다.

"…무엇이 사실인지 믿기가 힘듭니다."

—보이는 것만 믿으면 안 됩니다. 만약 증거가 필요하다면 그분을 찾아가세요. 수소폭탄으로 그분을 타격한다고 해서 아스타로스 님은 소멸하지 않습니다. 다만 아공간의 구멍이 더 넓어져 이번보다 훨씬 더 강력한 몬스터가 출몰하게 되겠지요.

"흠……."

—부디 올바른 판단을 하시길 바랍니다.

그는 뭐가 뭔지 알 수 없는 상황에서 자신의 직감을 믿어보기로 했다.

"대현자님을 만나겠습니다."

—그래요, 잘 판단하신 겁니다. 그분께는 우리가 데려다 드리지요.

"고맙습니다."

화수는 그녀의 잎사귀들을 따라서 마을의 외곽으로 향했다.

* * *

북극해 중앙 지역 '포인트 S-11' 인근에 거대한 익룡이 나타났다.

빼에에에에엑!

몸길이 10미터에 30미터에 이르는 넓은 날개를 가진 이 익룡은 루야나드의 아주 오래된 친구다.

화수는 익룡 프트레다의 등에 올라가 북극해를 바라보았다.

원래의 푸른색을 잃어버린 북극해는 이제 서서히 자줏빛으로 변해가고 있었다.

"이제 내가 알던 바다는 없어져 가는구나."

그의 푸념을 들은 엘프 마을의 족장 니겔렌이 말했다.

"차원의 틈에서 새어 나오는 부산물들입니다. 아마 차원의 틈이 막히게 되면 저것들도 점차적으로 사라지게 되겠지요. 다만, 그 시일이 너무 늦어버리면 바다가 병들어 죽음만 남게 될 것입니다."

"그런 일이……."

"루야나드의 바다는 핏빛으로 변해 남아 있는 생명체를 찾아볼 수 없게 되었습니다. 이제 우리의 바다는 더 이상 생명을 품을 수 없을 것입니다. 안타까운 일이지만 우리가 다시 루야나드로 돌아간다고 해도 우리의 후손들은 바다라는 것 자체를 보지 못할 겁니다."

니겔렌은 인간의 욕심이 불러일으킬 화에 대해 말해주었다.

"그 어떤 세상이라도 이해관계는 존재합니다. 우리 루야나드는 땅과 바다에 주인이란 없다고 생각했습니다만 그렇지 못한 사람들도 있습니다. 그런 이해관계가 대의를 저버리게 만든다면 그 땅은 서서히 죽어갈 겁니다."

"남의 일 같지가 않군요."

"인류가 통합되는 날은 오지 않을지도 모릅니다. 하나 인간이 욕심을 버리지 않는다면 지구는 멸망하고 맙니다."

화수는 현재 이 땅에서 벌어지고 있는 전쟁이 모두 종식되지 않는 한 인류는 절대로 구원받을 수 없음을 알 수 있었다.

언젠가는 지구도 루야나드처럼 죽음이 물드는 날이 올지도 모른다.

그는 지구 종말에 대한 열쇠를 쥐고 있을 아스타로스의 구역으로 들어섰다.

우우우우웅.

화수는 자신의 몸에 암 덩어리를 만든 그 파동을 느꼈다.

"이곳이로군요."

"아마도 당신에겐 썩 좋은 기억이 아닐 것이라 생각합니다. 하지만 그 또한 지금과 같은 만남을 위한 것이었으니 너무 마음에 담아두진 마시지요."

"괜찮습니다. 인연은 반드시 그를 이어주는 끈이 있다고 생각합니다. 아마 아스타로스 대현자와 저를 이어줄 인연의 끈은 조금 강력하게 다가온 모양입니다."

"그래요, 충분히 강력했지요."

아스타로스가 화수에게 처음으로 파동을 쏘았을 때 그가 암에 걸린 것은 드래곤과 자연계의 인간은 어울릴 수 없기 때문이었다.

아직까지 새로운 세상에 제대로 적응하지 못한 아스타로스는 몸통이 쪼그라들어 본래의 힘을 발현하지 못했다.

그 때문에 인간과 자신의 용언이 맞는지 그렇지 않은지 확인할 길이 없었다.

아스타로스는 화수에게 도박을 걸었지만 그것이 보기 좋게 실패하면서 그는 인류의 존립을 위협하는 몬스터로 전락하고 만 것이다.

일이야 어찌 되었든 간에 지금은 화수와의 오해가 풀렸지만 지금까지 온갖 욕을 다 먹어온 아스타로스로선 조금 억울한 마음이 들 수도 있을 터였다. 그러나 그는 결코 인간을 원망하지 않았다.

인연과 인연으로 이어진 인간을 구원하기 위해 한 몸을 기꺼이 희생한 아스타로스는 이제 거대한 바위처럼 북극해 중앙에 자리를 잡았다.

프트레다는 화수를 북극해 중앙 지역에 내려주었다.

"고맙군."

삐액!

이제 루야나드의 전사들은 다시 자신들의 마을로 향했다.

"아무쪼록 유익한 시간이 되었으면 좋겠군요."

"고맙습니다."

화수는 익룡을 타고 다시 날아간 그들을 뒤로한 채 아스타로스의 둥지 앞에 섰다.

스스스스.

주변에 작은 물보라를 일으킬 정도로 강력한 힘이 뿜어져 나오는 얼음 구멍을 바라보던 화수는 심호흡을 했다.

"후우, 가자!"

그는 거대한 얼음 구멍으로 몸을 밀어 넣었다.

꿀렁!

이윽고 그의 몸이 무형의 얇은 막을 통과하면서 드디어 아스타로스의 본체가 모습을 드러냈다.

후우우우욱, 크르르릉!

"요, 용?"

화수는 자신이 상상하던 모습과는 판이하게 다른 아스타로스를 바라보았다.

그의 용모를 한마디로 함축한다면 동양의 용과 가장 비슷하다 말할 수 있을 것이다.

아스타로스는 거대한 비늘이 촘촘하게 수놓아진 기다란 몸에 짧은 손과 다리를 각각 한 쌍씩 가지고 있었다.

또한 머리에는 순백색 갈기털과 사슴의 것처럼 생긴 뿔이 한 쌍 가지런히 나 있다.

아마도 백록담의 백룡이 살아 돌아온다면 꼭 이러한 형상일 것 같다.

눈부신 백색 비늘을 가진 아스타로스가 가만히 눈을 감고 똬리를 틀고 있다.

그는 화수가 자신의 곁에 왔다는 사실을 알고는 서서히 눈을 떴다.

츠츠츠츠.

눈보라처럼 찬란한 빛을 내뿜는 그의 눈동자는 은색 홍채와 붉은색 동공으로 이뤄져 있었다.

은은한 기운을 내뿜는 그의 눈동자가 화수를 향했다.

—오랜만이군, 인간이여.

"10년쯤 되었지요. 당신과 내가 만난 지."

—후후, 그동안 나를 무척이나 원망하고 살았을 것이다. 그렇지 않나?

"뭐, 그런 생각이 아주 없지는 않았지요."

아스타로스는 거대한 이를 드러내며 겸연쩍게 웃었다.

—미안하게 되었군. 도움을 청하려던 것인데 그게 그렇게

와전될 줄은 몰랐어.

"아닙니다."

그는 몸통에 비해 상당히 작은 손을 내밀었다.

—손님이 왔으나 대접할 것이 마땅치가 않군. 우선 이곳으로 오게. 바닥이 많이 차가워.

"감사합니다."

화수는 그의 손바닥에 올라타 한기를 피했다.

—할 얘기가 많다네. 자네도 그러한가?

"예, 아스타로스 님."

—길지는 않은 시간이네만, 한번 꼬였던 인연을 풀어보세.

두 사람은 그 자리에 앉아 얘기를 시작하였다.

제4장
빙룡 아스타로스

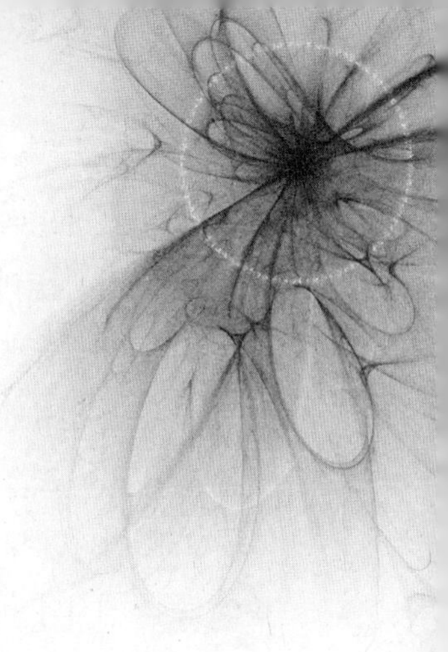

아스타로스와 화수는 차분하게 지금까지 미처 하지 못한 얘기들을 나누고 있었다.

S—11이라는 이름으로 인류의 공적으로 살아온 아스타로스는 자신의 아래에 있는 아공간의 틈이 이제는 걷잡을 수 없어졌다고 말했다.

—내가 인류의 공분을 사면서까지 이곳에 있던 것은 차원의 틈이 지구에까지 악영향을 미쳤기 때문일세. 하지만 그런 인고의 시간은 별 소용이 없어졌어. 혼돈이 차원의 틈을 넘어 이곳까지 온 것만 봐도 충분히 알 수가 있지. 이제는 나의 통

제를 벗어난 거야. 한시라도 빨리 혼돈을 찾아 없애고 차원의 틈을 막을 방책을 마련해야 하네.

"하지만 엘프족과 제가 힘을 합친다고 해도 놈을 없앨 수는 없습니다. 인류에겐 아직 혼돈과 같은 초대형 몬스터를 상대할 힘이 없어요."

—그래, 어쩌면 당연한 일일세. 혼돈의 힘은 우리 드래곤 일족의 중급 전사와 비슷할 정도니까.

드래곤은 총 다섯 개의 등급으로 나뉘는데, 아스타로스와 같은 고룡이 최상의 등급으로 분류된다.

아스타로스는 차르봄바와 같은 폭탄으로는 죽일 수가 없고 오로지 스스로 공멸해야 이 땅에서 사라질 수 있었다.

그 아래로 상급, 중급, 하급, 최하급으로 나뉜다.

드래곤 일족의 최하급 전사는 인류가 작정하고 전면전을 벌이면 간신히 자웅을 겨룰 수 있을 정도이고, 하급부터는 인류가 전부 덤벼도 이길 수 없을 정도로 강력해진다.

아마 중급 전사의 드래곤 일족이 나타난 것이라면 인류로선 도저히 답을 찾을 수 없을 것이다.

하지만 어떤 상황이든 길은 있게 마련이다.

—혼돈이 강력한 몬스터인 것은 확실해. 저 정도 몬스터는 '흉수'라는 이름을 붙이는데, 드래곤 일족도 가볍게 볼 수 없는 놈이지. 그러나 저런 무지막지한 놈에게도 약점은 있어.

"저런 괴물에게도 약점이 있다고요?"

—이 세상의 그 어떤 생물도 완벽하지는 않네. 저놈도 살아서 움직이는 생명체이니 단점이 있을 수밖에.

그는 용언으로 화수에게 시뮬레이션을 보여주었다.

스스스스스, 파앗!

순간, 백색 용언의 기운이 화수의 눈동자에 머물면서 하나의 영상을 만들어냈다.

영상에는 허리케인 태풍의 핵에 버금가는 엄청난 힘의 전류를 단 하나의 점으로 압축시킨 마법이 구현되고 있었다.

츠츠츠츠, 콰앙!

만약 영상에서 나온 전류가 지구상에 실제로 떨어진다면 인류는 한동안 전기를 사용하지 못할 것이다.

그는 화수에게 전류를 압축시킨 이것에 대해 설명하였다.

—이것은 라이트닝 쇼크웨이브라는 마법이라네. 우리 드래곤이 최초로 용언 이외에 자연 왜곡 현상이 있다는 것을 발견한 이래 가장 강력한 비자연적 뇌전이었지.

"으음, 저로선 마법이라는 것이 과연 어떤 것인지 감이 오지 않습니다."

—그래, 그럴 테지. 마법이라는 것은 우리 드래곤 일족이 사용하는 고유 능력인 용언과 가장 흡사한 수단일세. 자연의 진기를 축적하여 마나라는 무형의 기운을 만들어내고 그것을

통하여 자연현상을 역류시켜 새로운 자연현상을 만들어낸다네. 이것이 바로 마법이라는 힘이야.

"상당히 흥미롭군요. 얼핏 들으니 엘프족도 마법을 사용할 줄 안다고 하던데, 그들이 사용하는 것과 저 힘이 같은 것입니까?"

—아주 조금 달라. 엘프족은 드래곤과 마찬가지로 선천적으로 무형의 기운을 다룰 수 있어. 그들은 현실계의 반대편에 있는 영계, 혹은 정령계의 힘을 빌려 마법을 사용한다네.

"엄연히 말하자면 마법은 아닌 것이군요."

—그래, 맞아. 엄연히 따지면 마법은 아니지만 정령력이나 영력으로 만들어낸 비자연적 현상이니 절반은 마법이라 볼 수 있겠지. 그래서 엘프들은 그 힘을 정령 마법, 혹은 영력 마법이라고 부르지.

"그렇군요."

아스타로스는 용언을 거두어들여 영상을 사라지게 하였다.

—자네가 본 라이트닝 쇼크웨이브는 혼돈의 머리에 있는 약점을 공략할 수 있는 유일한 방법이야. 놈의 머리에는 소환석이라는 물건이 달려 있어. 저것은 혼돈의 몸을 구성하고 있는 일부분인 식양을 자유자재로 사용할 수 있게 해준다네. 만약 저것이 없어진다면 혼돈은 더 이상 존재할 수 없게 되네. 아마 소환석을 제거하고 나면 거대한 코어 하나만 남고 몸통은

사라지게 될 걸세.

"흠, 그렇지만 저는 마법이라는 수단을 다룰 줄 모릅니다."

—그래, 아직까진 모르지. 하지만 마법은 꼭 마나를 다룰 줄 알아야 사용하는 것은 아니야.

"또 다른 방법이 있겠습니까?"

—일회용이지만 마력을 내포한 마정석을 만들어 그 안에 마법을 가둘 수 있다면 마법을 충분히 사용할 수 있게 되지.

아스타로스는 화수에게 아주 획기적인 방법에 대해 설명하였다.

—자네가 마정석의 재료들을 구해온다면 내가 그것을 만들어 라이트닝 쇼크웨이브를 인첸트 해주겠네. 이 정도면 놈의 대가리를 날리는 데엔 충분할 거야.

"만약 그럴 수 있다면 제가 최선을 다해서 물건을 구해보겠습니다."

—조금 힘들 수도 있어. 할 수 있겠나?

"저놈을 못 막으면 어차피 죽습니다. 목숨을 걸어봐야지요."

—그래, 그런 각오만 있다면 못 막을 재앙이 없을 걸세.

아스타로스는 화수에게 몇 가지 재료를 일러주었다.

그는 아스타로스가 말하는 재료들을 수첩에 차근차근 적었다.

—마정석의 핵심이 될 와일드코일의 내핵과 오우거의 심장, 맨티코어의 가죽이 필요하네. 맨티코어의 가죽은 마력이 흩어지지 않게 보호하는 작용을 한다네. 맨티코어는 마법에 대한 내성을 가지고 있어서 그 가죽 안에 마력을 담아두면 가죽이 찢어지지 않는 이상은 마법이 깨어지지 않아.

"와일드코일과 맨티코어라… 쉽지 않은 싸움이 되겠군요."

와일드코일은 손톱만 한 반 고체 상태의 몬스터인데, 마치 자석처럼 주변의 전기를 빨아들이거나 그것을 흡수하여 자신이 사용하는 능력을 가졌다.

이놈들은 상당히 특이한 특성을 가졌는데, 위험을 느낄 때마다 몸이 분열하여 10분이면 수만 마리의 와일드코일이 태어나게 된다.

이렇게 엄청난 숫자로 분열하고 나면 와일드코일은 아주 강력한 자기장을 내뿜는 가공할 만한 위력을 지니게 되는 것이다.

최대로 분열했을 때의 와일드코일은 4등급 몬스터로 분리되며, 한 번 나타나면 거의 재앙을 일으키는 몬스터로 유명했다.

맨티코어는 그보다는 다소 수렵 난이도가 낮은 편이긴 하지만 코카트리스와 같은 대형 몬스터를 사냥하여 주식으로 삼을 정도로 강력한 힘을 보유하고 있다.

놈은 그리즐리의 15배에 달하는 엄청난 덩치에 하늘을 자유자재로 날아다니는 비행 능력까지 갖추고 있어 최악의 맹수과 몬스터로 악명이 자자했다.

화수의 노련미와 천마신공이 없다면 함부로 사냥을 하겠다고 엄두도 내지 못하는 몬스터들이 재료가 된다는 것은 그 자체만으로도 충분한 가치를 지닐 것이다.

아스타로스는 위험을 자처한 화수에게 선물을 하나 주기로 했다.

휘리리릭, 펑!

그의 손이 원을 그리자 화수의 머리 위로 작은 백룡이 한 마리 나타났다.

—용의 전령일세. 나의 능력을 대략 일천 분의 일로 축소해 놓았지.

"그렇다면 이 자체로도 아주 강력하겠군요."

—그렇긴 한데 더위에 약해. 아시다시피 나는 빙룡이라서 더위에는 아주 취약이지.

"으음, 그렇군요."

—아무튼 이 녀석이 자네를 따라다니면서 크고 작은 도움을 줄 걸세.

"감사합니다."

그는 화수를 손에서 내려주었다.

—조심하게. 만만치 않은 여정이 될 거야.

"예, 알겠습니다. 아스타로스 님도 몸조심하십시오."

—난 걱정하지 말게.

화수는 용의 전령을 데리고 아스타로스의 둥지를 떠났다.

* * *

자운대 수렵 사령부 최성수 대령의 집무실로 화수가 찾아왔다.

척!

"충성!"

"그래, 쉬게."

"예, 본부장님."

특별 수렵 본부장으로 임무를 수행하는 최성수의 스케줄은 상당히 빡빡하지만 화수가 면담을 신청한다면 없는 시간이라도 만들어낼 것이다.

최성수는 화수가 면담을 신청했다는 소식을 듣곤 계룡대에서 한달음에 이곳까지 달려왔다.

"눈썹이 휘날리도록 왔네. 무슨 일인데 이렇게 사람을 급하게 부르나?"

"죄송합니다. 긴히 드릴 말씀이 있어서 그랬습니다. 결례가 되었다면 용서하십시오."

"아닐세. 부하가 상관을 보는데 무슨 결례인가?"

"그리 이해해 주시니 그저 감사할 따름입니다."

그는 이쯤에서 서론을 줄였다.

"그래, 나를 찾아온 이유가 뭔가?"

"단도직입적으로 말씀드리겠습니다. S—11 작전에 앞서 수렵 작전을 하나 더 펼치고자 합니다. 허가해 주십시오."

최성수는 고개를 갸웃거렸다.

"수렵? 갑자기 무슨 수렵인가?"

"꼭 필요한 물건이 있습니다. 이번 작전을 성공으로 이끌기 위해선 반드시 필요한 물건들이지요."

"그런 물건이 있다면 말하게. 우리가 돈을 써서라도 구해주겠네."

"맨티코어의 가죽과 와일드코일의 내핵이 필요합니다. 오우거의 심장도 함께 필요할 겁니다."

최성수는 화수가 품목을 말하자마자 입을 꾹 다물어 버렸다.

"…역시 자네는 몬스터에 관해선 정말 스케일이 너무나 크군. 내가 감당할 수 있는 물건이 아니야."

"죄송합니다. 이렇게 불쑥 수렵을 떠나겠다고 말씀드려서 말입니다."

"아닐세. 자네들이 이번 작전의 핵심인데 원하는 것이 있다면 충분히 구비를 해두어야지."

"그럼 허가를 해주시는 겁니까?"

"물론일세. 당장 수렵 명령서를 내려줄 테니 떠날 채비를 하게."

"감사합니다."

"사냥을 떠날 지역은 어디인가?"

"맨티코어는 주로 아프리카 지역에 서식하니 지인이 있는 이집트로 가볼 생각입니다."

"이집트라… 그곳에 지인이 있던가?"

"예, 그렇습니다. 공식적인 것은 아닙니다만, 꽤 절친했던 사이지요."

화수는 전 세계 각국을 돌아다닌 만큼 아주 폭넓은 인간관계를 형성하고 있었다.

물론 그가 은퇴한 시간 동안 연락이 끊어지긴 했지만 대부분 화수와는 은인 관계에 있기 때문에 부탁을 들어주지 않을 사람은 한 명도 없을 터였다.

최성수는 곧장 명령서를 작성하여 이집트 전 지역은 물론이고 아프리카 전역을 돌아다닐 수 있도록 했다.

"이 정도면 되겠나?"

"예, 감사합니다."

"아무쪼록 몸조심하게."

"예, 본부장님."

그는 화수에게 잠시 개인적인 얘기를 꺼냈다.

"강화수 중령."

"예, 본부장님."

"자네, 이번 작전이 끝나면 부대원들이 전부 진급할 것이고 자네도 진급 대상자에 다시 포함된다는 것을 알고 있나?"

"그렇게나 빨리 말입니까?"

"원래는 대령 자리가 그리 쉽게 나는 것은 아니지만, 우연치 않게 한 자리가 비게 되었어. 그 자리에 자네를 넣을 것이라고 하더군."

"……?"

"차기 특별 수렵 본부장으로 자네가 선정되었다는 말일세."

"그렇다는 것은 대령님께서 군을 떠난다는 말씀이십니까?"

"나도 이젠 좀 쉬고 싶어. 언제까지 군에 남아서 자네들 뒤치다꺼리를 할 수는 없는 노릇 아닌가?"

"하지만 대령님께서 저희들을 다시 모았습니다. 본부장이 없는데 무슨 수렵을 하겠습니까?"

"자네가 다시 한 번 부대를 꾸려보게."

그는 화수에게 서류 뭉치를 하나 건넸다.

[특수수렵대대]

"야차 중대의 명성을 잇는 수렵대대를 편성한다는 계획이 발표되었네. 만약 자네가 수렵대대를 제대로 꾸릴 수 있고 이것이 성공을 거두게 되면 특별 수렵 연대가 수립될 걸세. 현재 한국의 수렵 부대는 눈부신 발전을 거두었네. 그 중심엔 단연 자네가 서 있었지. 이제 군은 한국 수렵의 수준을 한 단계 높이고 독보적인 전문성을 함양시킬 계획이야. 자네가 그 집단을 이끌어준다면 내 두 발 편히 뻗을 수 있을 것 같아."

"하지만 이것은 대령님의 오랜 숙원이었습니다. 저는 본부장님께서 저희들과 함께해 주셨으면 좋겠습니다."

최성수는 씁쓸하게 웃었다.

"하하, 미안하게 되었네. 나는 자네들과 함께할 수가 없어."

"정말 안 되는 겁니까?"

"내가……."

그는 화수에게 진단서를 한 장 건넸다.

[서울 국립대학 병원 암 센터: 병명—전이성 뇌종양 및 급성 골수성 백혈병…….]

진단서에는 최성수가 뇌암 및 혈액암 판정을 받았고, 앞으로 살 수 있는 날이 채 3개월도 안 된다고 말해주고 있었다.

"이, 이건……."

"몬스터의 장기를 이용해서 사람이 간혹 살아나는 경우도 있지만 위나 뇌는 이식이 불가능하다네. 잘 알 것이야. 자네도

암을 겪어본 사람이 아닌가?"

"……."

다 죽어가는 사람도 살린다는 엘프족 마법사들이지만 골수와 뇌에 암이 생긴 이상에야 더 이상 손을 쓸 수가 없었다.

만약 그가 최성수에게 무공을 전수해 준다고 해도 생명이 연장될지는 미지수였다.

한마디로 지금 최성수는 자신이 가장 좋아하는 사람과 함께 남은 여정을 잘 정리하는 것만이 최선의 방책이었다.

"아내와 지낸 시간이 너무 적었어. 내가 일에 미쳐서 전 세계를 떠돌아다니는 동안 아내는 홀로 늙어가고 있었더군. 그럼에도 불구하고 그녀는 평생 불평불만 한마디 없이 아주 잘 지내주었어. 살뜰히 나의 내조도 해주었고."

"……."

"자네, 끝까지 나의 유지를 받들어주겠나?"

화수는 고개를 푹 숙였다.

"죄송합니다. 저는 그런 줄도 모르고……."

"하하, 아닐세. 나야말로 죽을 날짜를 받아놓고 자네들을 이곳에 끌어들였으니 죽을죄를 지었다고 볼 수 있지 않겠나?"

최성수는 화수에게 깊이 고개를 숙였다.

"미안하네. 자네나 부대원들에게 너무 큰 짐을 지워주는 것 같아서 말이야."

"…아닙니다. 그 유지, 반드시 이뤄내겠습니다."

"고맙네. 이는 우리 한국, 아니, 전 세계가 조금 더 오래 번성하기 위해 꼭 필요한 일일세. 반드시, 반드시 이뤄주게."

"물론입니다."

화수는 그에게 경례를 올렸다.

척!

"중령 강화수! 유지를 받들겠습니다!"

"고맙네."

두 사람은 한동안 거수경례를 끝내지 못한 채 그대로 서 있었다.

*　　*　　*

대전 둔산동 포장마차로 야차 중대가 모여들었다.

츄륵, 츄륵, 뽕!

오늘따라 맥주와 소주를 섞는 스킬이 더더욱 현란해 보이는 화수에게 중대원들이 물었다.

"대장님, 무슨 일 있으십니까?"

"그리 큰일은 아니야. 그냥 자네들과 술 한잔 하고 싶었을 뿐."

"그렇다고 하기엔 너무나……."

화수는 결연함까지 엿보이는 표정으로 술잔을 완성시키고 있었기에 중대원들은 연신 고개를 갸웃거릴 수밖에 없었다.

그는 아주 심각한 다짐을 할 때마다 이런 표정으로 술을 섞었기에 중대원들이 긴장하는 것도 무리는 아니었다.

특히나 최지하는 화수와 가장 오래 함께해 온 사람이기에 얼굴만 봐도 무슨 생각을 하는지 알 수 있었다.

그녀는 화수에게서 술병을 빼앗으며 말했다.

"내가 말아볼게. 기분이 안 좋을 때 술을 말면 꼭 사달이 벌어져. 오늘 다 집에 기어가게 만들 셈이야?"

"…고맙군."

최지하는 술을 제조하며 화수에게 물었다.

"무슨 일이야? 야밤에 모두를 소집한 것은 처음이잖아?"

"그만큼 중차대한 일이 벌어졌다.

"우리가 직면한 사태는 이미 충분히 중차대한데?"

"그런 문제가 아니야. 우리가 지금까지 달려온 모든 것이 부정되었다."

"……?"

화수는 중대원들에게 폭탄 발언을 떨어뜨렸다.

"S—11과 A—11은 몬스터가 아니다."

"뭐라고? 놈들이 몬스터가 아니면 뭐야? 사람이라도 된단 말이야?"

"분명히 그들이 용의 형상을 닮긴 했지만 또 하나의 인종임이 분명해."

순간, 중대원들의 표정이 미묘하게 일그러졌다.

"아, 아하하! 이놈의 또 썰렁한 아재 개그가……."

"개그 아니다. 그들과 직접 만나서 얘기까지 나누고 오는 길이다."

"…거, 거짓말이지?"

"거짓말 아니다. 내가 무엇 하러 이 늦은 야밤에 너희들을 불러놓고 거짓말을 하겠어?"

"……."

"우리가 지금까지 저주하고 증오하던 S—11은 우리 편이다. 아니, 우리의 편이 될 수밖에 없어. 그가 몬스터들이 튀어나오는 구멍을 막고 있기 때문이지."

그는 자신이 알고 있는 모든 것과 경험한 것에 대해서 털어놓았다. 그러자 중대원들은 믿을 수 없다는 표정을 지었다.

"…아무리 그래도 이건 너무 사건이 커지는 것 아니야? 단순히 S—11이 우호적인 몬스터라고만 해도 이러지는 않을 거야."

"그래, 파장이 크겠지. 나도 그렇게 생각한다. 하지만 이건 현실이야. 앞으로 우리는 그의 조언에 따라서 움직일 것이야. 그래야 우리가 산다."

"허 참……."

화수는 S-11에 대한 얘기를 꺼낸 김에 작전이 변경되었다는 얘기도 해주었다.

"S-11 지역으로 떠나기 전에 혼돈을 처치하고 나탈리아 박사가 러시아 정부를 설득할 수 있는 시간을 벌 것이다. 그리고 우리 역시 나탈리아 박사를 도와 전 세계의 모든 국가를 설득할 것이고."

"그렇지만 학자들이 우리의 말을 믿으려 하지 않을 겁니다. 그렇게 되면 그들이 잃는 것이 너무 많아지니까요."

"알아. 하지만 꼭 한 번은 부딪쳐야 할 일이다."

"흠……."

"내일 당장 아프리카로 원정을 떠나 필요한 재료를 수급한다. 만약 작전에서 빠지고 싶다면 빠져도 좋다."

"뭐 그런 섭섭한 말씀을 하십니까? 우리는 죽어도 함께 죽고 살아도 함께 사는 부대 아닙니까?"

"그래, 고맙다. 의아함이 든다고 해도 나를 믿고 따라주어서 말이야."

"그런 말씀 마십시오."

그는 건배를 권했다.

"이 세상을 살릴 수 있는 사람은 우리뿐이다. 힘내서 내일의 작전을 성공으로 이끌자고."

"건배!"

"건배!"

잔을 차례대로 부딪친 야차 중대원들은 일제히 술을 비워 냈다.

* * *

다음 날, 야차 중대의 전술 비행기가 한국을 떠나 아프리카 이집트로 향했다.

휘이이이잉!

조용한 엔진 소리만 들릴 뿐 오늘따라 비행기 안이 이상하리만큼 조용했다.

"다들 말이 없군."

"…어제 워낙 충격적인 얘기를 들어서 말입니다."

조금 멍한 표정이 된 강하나에게 화수가 물었다.

"강하나 소위, 자네의 생각에 우리 야차 중대가 대대로 개편된다면 어떨 것 같은가?"

"소위 강하나, 대대 개편이라면……."

"인원이 증원되는 것이다. 자네들은 새로운 신병이나 부사관들을 가르치고 직접 수렵을 떠난다. 그 과정을 통하여 전문가들을 길러내고 수렵 사령부의 위상을 높이는 것이지."

화수는 최지하를 비롯한 부사관들에게 물었다.

"자네들, 장교로 임관하여 부대를 이끌 생각은 없나? 물론 지금처럼 우리 모두 함께 수렵을 떠날 수 있다. 팀은 와해되지 않거든."

"장교라……."

최지하는 고개를 가로저었다.

"난 패스. 골머리 아픈 것은 딱 질색이거든."

"으음, 그래?"

"대신 대대의 주임상사쯤은 맡아줄 생각이 있어."

"만약 자네가 대대의 주임상사를 맡아준다면 원이 없지. 다른 중대원들도 한번 진득하게 생각해 보게. 자네들이 앞으로 우리 수렵 사령부를 이끌어 나갈 거야. 나 역시 그렇고."

김태하 중사가 화수에게 물었다.

"그럼 대장님은 어떻게 되는 겁니까? 최성수 대령님이 진급하고 대장님이 그 자리를 채우는 겁니까?"

"…아니다. 본부장님은 이제 전역하실 것이다."

순간, 부대원들의 동공에 지진이 일어났다.

"누, 누가 전역을 한단 말입니까? 우리를 이곳으로 다시 모은 사람이 누군데?"

"어쩔 수 없어. 대령님께선 지금 병환이 깊다."

"……?!"

화수는 그들에게 전후 사정을 설명하였고, 장내는 이제 다소 숙연한 분위기가 되었다.

"세상에, 그런 사연이 있을 줄은 꿈에도 몰랐네."

"그래서 내가 대대를 맡기로 한 것이다. 자네들이 장교로 전시 임관하여 각 중대와 소대를 맡아주었으면 한 것도 그 때문이고."

"흠……."

"아직 시간은 많다. 천천히 생각해 볼 수 있도록."

"예, 알겠습니다."

화수와 중대원들이 앞으로의 일을 논의하던 가운데 비행기가 이집트 주재 미군 부대에 안착하였다.

이집트는 몬스터의 창궐로 인하여 치안이 약해졌고, 원래부터 주둔하고 있던 미군 부대가 증편되어 이곳의 치안을 대신 관리하고 있었다.

화수는 네이비씰 소속 수렵 부대에서 근무하는 리암 타테이슨과 연락이 닿았다.

―여기는 타테이슨, 강화수 중령 들리나?

"들린다."

―하하, 이곳에 온 것을 환영한다! 어서 오시게!

"호들갑 떠는 것은 여전하군."

오늘의 수렵을 위해서 미리 해당 주둔 부대에게 연락을 취한 화수는 이곳에서 일하는 지인을 만나기로 약속했다.

8년 전, 몬스터의 무차별 습격으로 사지를 절단할 위기에 놓인 그를 구해준 화수는 리암의 은인이자 동경의 대상이었다.

리암은 화수가 내리는 전술 비행기 앞에서 대기하며 그를 기다렸다.

중대원들이 비행기에서 내리자 리암이 소리를 지르며 달려왔다.

"아하하! 드디어 왔군! 자네들을 얼마나 기다린 줄 아는가?!"

"뭐, 그렇게까지 학수고대할 필요는 없는데 말이야."

"손님이 온다는 것은 아무튼 좋은 일이니까."

그는 리암을 보자마자 작전의 진척에 대해 물었다.

"와일드코일의 소재는 파악했어?"

"이집트 남서쪽 사막에 서식하고 있는 것 같아. 그곳을 오가는 상인들의 차량을 빼앗거나 폭발시킨 것 같더군."

"잘되었군. 이참에 길도 한번 청소해 주고 말이야."

"그나저나 와일드코일을 정말 잡을 수 있겠어?"

"언제 내가 헛소리하는 것을 본 적이 있나?"

"뭐, 그건 아니지만……."

제아무리 화수가 수렵의 전설이라고 해도 무리라고 생각한 리암이다. 그러나 여전히 야차 중대의 사기는 충천했다.

“소재가 파악되었으면 지금 당장 출발하시죠. 우리 꽤 바쁜 사람들 아닙니까?”

“아아, 그럼 그럴까?”

리암은 화수를 바라보며 걱정되는 투로 말했다.

“더 필요한 것은 없나?”

“초대형 배터리를 구해줄 수 있겠어?”

“배터리라… 크기가 얼마나 되어야 하나?”

“와일드코어를 한 방에 보낼 수 있을 정도?”

“…꽤 커야겠군.”

“아주 많이 커야겠지?”

그는 고개를 끄덕였다.

“알겠어. 때마침 야전용 초대형 배터리가 몇 개 남는 것 같더군. 그것을 대여해 주도록 하지.”

“고마워.”

이제 화수는 본격적으로 사냥 준비에 돌입했다.

*　　*　　*

이집트 내 미군 기지 외곽에 주둔지를 설치한 화수는 이곳에서 작전 회의에 들어갔다.

그는 한국에서 EMP(전자기 펄스) 폭탄과 초대형 전기 충격기를 구비해서 이곳으로 가지고 왔다.

화수는 와일드코일을 제압하는 데 전기보다 더 좋은 물건은 없다는 것을 경험으로 깨달은 바가 있다.

"9년 전, 수메르 운하 인근에 출몰한 와일드코일은 대략 5천 마리까지 분열한 상태였다. 당시 우리 군은 EMP를 이용하면 놈들이 분열할 수 없게 된다는 것을 알아냈지. 하지만 놈들이 분열을 멈춘다고 해도 하나로 뭉쳐 거대한 조직을 갖게 된다는 것은 변함이 없다."

"그렇다면 놈들을 어떻게 사냥합니까?"

"전기 충격기를 이용한다."

"……?"

"아마 모두들 의아해할 것이다. 전기를 주식으로 삼는 놈들에게 무슨 전기가 특효약이냐고 말이다."

"예, 그렇습니다."

"하지만 그것만이 유일한 사냥법이다. 놈이 EMP에 의해 전기장을 잃게 되면 몬스터 코어가 원래 분열을 일으킨 본체를 향해 모여들게 된다. 본체로 똘똘 뭉쳐진 코어는 거대한 심장처럼 전신에 에너지를 공급하게 되는데, 이때 심장은 전기에 취약한 상태가 되어버려. 이때를 노려 강철로 만들어진 놈들의 전신에 전기 충격을 가해서 심장을 멎게 만드는 것이지."

"몸집이 모두 강철로 만들어진 대신 전기에 취약한 상태이니 전기 충격을 가하면 당연히 심장까지 빠르게 퍼지겠군요."

"그렇다."

"하지만 그놈의 본체까지 다가가는 것은 결코 쉽지 않을 겁니다. 분열해서 만들어진 몸집이 자유자재로 변하는데 무슨 수로 놈의 몸에 전기 충격기를 댑니까?"

"그래서 이런 물건을 준비한 것이다."

화수는 전기 충격기 앞에 달려 있는 로프를 가리키며 말했다.

"이것은 아주 미세한 전깃줄로 이뤄져 있는데, 한 방에 놈을 통구이로 만들어 버릴 것이다."

"아하! 그것을 격발장치에 매달아 사격하면 놈에게 피해를 줄 수 있겠군요."

"그래, 바로 그것이다. 우리가 놈들의 시선을 분산시키는 동안 김태하 중사가 격발장치로 놈의 몸통에 전깃줄을 매달면 게임은 끝난 셈이지."

"그래도 움직이는 놈의 몸을 격발장치로 맞추는 것은 쉽지 않은 일입니다."

"알아. 그래서 김태하 중사가 꼭 필요한 것이다."

김태하는 어색한 미소를 지었다.

"이런, 이번에도 내가 태풍의 핵인가?"

"언제나 그랬지."

"뭐, 좋습니다. 연습해서 안 되는 일은 없으니 말입니다."

"김태하 중사는 격발장치의 사용법을 익히고 그것으로 명중시키는 연습을 해둬. 나머지는 우리가 알아서 한다."

"예, 알겠습니다."

"나머지 대원들은 전기를 조달하는 배터리를 사수해야 한다. 만약 놈이 전선을 잘라내거나 배터리를 파손시키면 역으로 우리는 게임 끝이다. 놈을 감당할 수 없을 거야."

"흠……."

화수는 김태하에게 네 개의 로프를 내밀었다.

"네 번의 기회가 있다. 이 네 개를 놓치면 우리만 위험해지는 것이 아니야. 놈을 자극했으니 주변의 마을까지 피해를 입게 될 것이다. 그러니 최대한 집중하는 것이 필수야."

"잘 알겠습니다."

스나이퍼의 집중력은 일반인이 생각하는 것 이상이고, 김태하의 집중력은 그러한 스나이퍼 중에서도 단연 최상급이다.

화수는 이번에도 그 엄청난 집중력이 빛을 발할 것이라고 믿어 의심치 않았다.

"자, 그럼 각자 사냥 준비를 할 수 있도록."

"예, 대장님."

김태하는 무표정한 시선으로 격발장치의 매뉴얼을 정독하

기 시작했다.

* * *

이른 아침, 이집트 서부의 백사막(싸하라 엘 베이다)에 야차 중대의 전술 비행기가 안착하였다.

석회암에서 흘러나온 석회가 사막 위를 덮어 마치 눈이 내린 것 같은 착각이 드는 백사막의 풍경은 그야말로 장관이었다.

몬스터의 창궐 이전에는 백사막에 꽤 많은 관광객이 찾아왔으나 최근 8년 전부터 통행금지가 걸리고 말았다.

현재 백사막은 자이언트 스톤 스네이크와 각종 골렘이 서식하고 있으며 자이언트 스톤 스네이크는 위험 등급 8등급의 괴물이다.

줄여서 '자스'라고 부르는 자이언트 스톤 스네이크는 몸길이가 무려 40미터에 이르며 그 굵기는 평균 10미터가 넘는다.

놈의 주식은 바위와 석회암이지만 생명체를 보이는 족족 죽이는 잔악한 성미를 가지고 있기 때문에 주변에 사람이 지나다니는 것은 불가능한 일이었다.

그나마 백사막 외곽에 상인들이 지나다닐 수 있는 터널을 지어놓아 간신히 물건을 실어 나를 수 있게 되었지만 이제는 그마저도 쉽지 않게 되어버렸다.

자스의 활동 영역에서 벗어나 외곽에 터널을 지었지만 와일드코일이 갑자기 나타나 횡포를 부리는 바람에 하나 남은 운송로를 활용할 수 없게 된 것이다.

화수는 백사막 상인 터널의 입구를 바라보았다.

쿠극, 쿠극.

터널의 입구에는 5미터쯤 되는 키의 골렘들이 어슬렁거리고 있었다.

"골렘이 저렇게 많은 것을 보니 사람의 행적이 아주 드물어진 모양이군."

골렘의 행동은 상당히 느린 편이지만 그 단단한 외피를 뚫을 수 있을 만한 수단은 그리 많지 않았다.

더군다나 무리 생활을 하는 골렘들은 위급 상황이 닥치면 서로 똘똘 뭉쳐 거대한 개체로 합체하기 때문에 어지간하면 충돌을 피하는 것이 상책이었다.

그러나 디젤에서 내뿜어져 나오는 매연을 상당히 싫어하기 때문에 차량이 다니는 길목을 피해 사막 한가운데나 숲에서 활동하는 것이 일반적이었다.

골렘들이 모여 있다는 것은 이 근방에 차량을 타고 돌아다니는 사람들이 별로 없었다는 것을 의미한다.

화수는 이곳에서 조금 더 상황을 지켜보기로 했다.

"아직 놈들이 나타나지 않았으니 이곳에서 대기하도록 하지."

"대장님, 놈들이 언제쯤 나타날까요?"

"그건 아무도 알 수 없어. 일단 미끼를 던져보자."

말굽자석의 형태로 된 와일드코일은 작은 기체들이 끝없이 분열하여 수만 개의 피스가 하나로 연결되어 엄청난 파괴력을 내는 몬스터이다.

놈들은 과학 상자의 피스처럼 서로 연결되어 새로운 형태를 갖게 되는 꽤나 특이한 구조를 가지고 있었다.

이러한 자가 분열을 이뤄내자면 엄청난 양의 전기가 필요한데, 와일드코일이 먹어치울 전기가 없어진 지금에 미끼를 던지면 분명 반응을 보일 것이다.

화수는 자동차에 사용되는 배터리를 열 개 정도 꺼내어 본진과 터널 사이에 듬성듬성 늘어놓았다.

일렬로 늘어선 자동차 배터리에 전선을 연결시킨 화수는 스위치로 스파크를 일으켰다.

치직!

육안으로 보일 정도로 강력한 스파크가 튀어 오르자, 사막의 바닥을 뚫고 말굽 모양의 무쇠 조각이 하나 툭 불거져 나왔다.

끼릭?

"…놈, 나왔다!"

대략 50㎝쯤 되는 와일드코일 한 마리가 전기를 발견하자, 그 뒤를 따라서 엄청난 숫자의 와일드코일이 쏟아져 나왔다.

끼릭, 끼릭, 끼릭!

"…대장님, 아무래도 벌집을 건드린 것 같은데요?"

"언제는 아니었나?"

비록 사람 팔뚝만 한 크기의 와일드코일이지만 끝을 모르고 쏟아져 나온 놈들의 숫자가 워낙 많아서 주변이 새까맣게 물들 정도였다.

까만색 몸통을 가진 와일드코일은 사막에서 먹이를 찾은 개미들처럼 게걸스럽게 전기를 먹어치우기 시작했다.

춉춉춉춉!

화수는 이때를 기회로 삼아 놈들을 자극하기로 했다.

"이예진 중사, 유탄수들과 함께 궤도차량에서 박격포 사격을 실시한다!"

"예, 대장님!"

정은우 하사와 김태양 중사가 각각 포수와 탄약수를 맡고 이예진이 사격통제를 맡아 방렬이 시작되었다.

이예진은 망원경으로 적의 위치를 파악하고 탄착 지점을 계산하여 사격 제원을 포수에게 하달하였다.

"사거리 2400, 편각 2560, 사각 900!"

"입감!"

정은우는 135㎜ 자주박격포에 사격제원을 장입시켰고, 김태양은 박격포의 후방에 있는 장전레일에 포탄을 집어넣었다.

철컥!

"사격 준비 끝!"

박격포가 사격을 준비하는 동안 나머지 인원은 지능형 대 몬스터 지뢰를 설치하고 고속 유탄 발사기 포대와 중기관총 포대를 설치하였다.

삐비비빅.

지뢰 내부에 무선 조종 장치가 내장된 대 몬스터 지뢰는 지정된 목표가 다가오면 땅에서 튀어나와 시속 400㎞의 속도로 달려가 자폭한다.

최지하는 대원 네 명과 함께 대 몬스터 지뢰를 촘촘히 심었고, 김예린과 나머지 대원들은 전술 차량에서 떼어낸 기관총좌와 후방 고속 유탄 발사기 레일을 땅바닥에 설치하였다.

"대장님, 방어 준비가 모두 끝났습니다."

"좋아, 이제 김태하 중사만 준비하면 끝이겠군."

모든 대원들이 바쁘게 움직이는 동안 김태하는 후방의 사격대에 누워 심호흡을 하는 중이다.

"후우, 후우!"

머릿속으로 끝도 없이 시뮬레이션하면서 목표를 명중시키겠다는 각오를 다지고 있었다.

화수는 사격대에 설치된 격발장치와 전기 충격기의 상태에 대해서 확인하기 위해 스마트폰을 꺼내어 관리 어플리케이션을 발동시켰다.

[전력량 100% 완충, 전압 최대 송출 준비 완료, 냉각 시스템 가동 시작, 변압기 상태 양호]

"좋아, 이 정도면 준비는 완벽하다. 이제는 신에게 모든 것을 맡기는 수밖에."

그는 최전방으로 나가 방패를 잡았다.

철컥!

전자기 펄스 탄두가 달린 박격포탄이 날아가 폭발하면 전투는 시작될 것이다.

김태하의 목소리가 무전기를 통하여 흘러나왔다.

―대장님, 오늘도 역시 방패시군요.

"별수 있나?"

―잘 부탁드립니다.

"나야말로."

―준비 끝났습니다. 시작하시죠.

"오케이!"

그는 부대에 전투 명령을 하달하였다.

"야차 부대, 전투 개시!"

―입감!

135㎜ 자주박격포가 불을 뿜자, 그 안에 담겨 있던 EMP탄이 적진으로 날아가 터졌다.

쿠웅, 콰앙!

빠지지지지지직!

대략 2㎞ 내의 전자기기를 무력화시키는 EMP탄이 터지자, 수만 마리의 분열체가 전자기장을 잃고 방황하기 시작했다.

끼릭, 끼릭!

"지금이다! 사격 개시!"

펑펑펑펑!

두두두두!

고속 유탄 발사기와 중기관총이 마구 사격을 전개하였고, 와일드코일은 빠르게 하나의 형상으로 합쳐지기 시작하였다.

쿠그그그!

끼이이이익!

거대한 인간의 형상으로 변한 와일드코일은 공사용 망치처럼 생긴 무기를 들고 미친 듯이 달려들기 시작하였다.

쿵, 쿵, 쿵!

"빠, 빠르다!"

—시속이 최소한 150㎞는 되는 것 같습니다! 생각보다 너무 빠른데요?!

"상관없다! 최대한 많은 피해를 주어야 한다! 놈의 몸에 남은 에너지를 최대한 많이 소모시키는 것이 관건이야!"

만약 야차 중대가 막고 있는 이 지점을 저놈이 돌파해 지나간다면 이집트 서부는 오늘 내로 초토화될지도 모른다.

화수는 놈이 지뢰지대로 올 때까지 차분하게 기다렸다.

"조금만 기다려. EMP를 맞았으니 이제 곧 코어가 심장 부근으로 몰릴 것이다. 그때를 노려야 해!"

투시 능력이 있는 화수는 굳이 방사선을 이용하지 않아도 놈의 코어가 하나로 몰리는지 알 수 있었다.

끼이이이잉!

그의 투시 능력이 발동하는 가운데 와일드코일이 지뢰지대에 도달했다.

쿵!

그러자 사방에서 지뢰가 튀어나와 달려들었다.

위이이이잉, 쐐에엥!

하지만 화수도 전혀 예상하지 못한 일이 벌어지고 말았다.

쿠르르르륵, 삐에에에엑!

"허, 허억! 놈이 새로 변했다!"

—이런 빌어먹을! 어쩌면 좋습니까?!

"일단 내가 놈을 막겠다! 자네들은 계속해서 사격을 준비해!"

—예!

화수는 레서 드래곤 본 블레이드를 장착한 후 용의 전령을 타고 하늘로 올라갔다.

"나를 하늘로 올려줘!"

용의 전령은 붉은색 홍채에서 푸른색 빛을 뿜어내 화수의 등에 날개처럼 달라붙었다.

펄럭, 펄럭!

이제 화수는 하늘을 자유자재로 날 수 있는 몸이 된 것이다.

그는 하늘 높이 날아오른 와일드코일에게 검강을 출수했다.

"천격섬!"

스스스스스스, 콰앙!

일렬로 뻗어 나간 천격섬이 극성으로 폭발하면서 와일드코일의 왼쪽 날개에 구멍을 냈다.

끄이이이잉!

괴기한 소리를 내며 다시 지상으로 내려가는 놈의 몸통 위에 올라탄 화수는 주먹으로 머리를 후려쳤다.

"건곤일식, 파!"

쿠웅!

삐이이이이익!

전자기기에 에러가 난 것처럼 요상한 전자기 기음을 내뿜던 와일드코일이 드디어 지뢰지대로 떨어져 내렸다.

그러자 지뢰들이 재빨리 놈의 몸에 달라붙어 자폭하기 시작했다.

콰아아앙!

화수는 그에 앞서 날아올랐기 때문에 피해를 입지 않을 수 있었다.

—대장님, 멋집니다.

"고맙군."

—이제 제 차례입니다.

"잘 부탁해."

김태하는 초인적인 집중력을 발휘하여 미친 듯이 날뛰는 놈의 심장을 겨냥하였다.

—후우…….

무전기 너머로 들리는 그의 목소리에 전 부대원이 긴장하여 숨을 죽였다.

"꿀꺽!"

잠시 후, 김태하가 격발장치의 방아쇠를 당겼다.

철컥, 퍼엉!

휘리리리리리릭!

빠르게 풀리는 로프를 매단 충격기의 머리가 적을 향해 날아갔다.

이예진은 망원경으로 사격 방향을 예측하였다.

—사격 자체는 아주 훌륭합니다! 곧 명중할 겁니다!

"잘되었군!"

하지만 그녀의 예측은 보기 좋게 빗나가고 말았다.

쿠그그그극!

놈은 가슴 부근에서 팔을 하나 만들어내어 충격기를 쳐냈다.

챙!

―이런 빌어먹을!

"제기랄, 역시 보통 방법으론 무리가 있겠어!"

―이젠 어쩝니까?!

"다시 일격을 준비한다!"

화수는 방패를 앞세워 적진을 향해 돌진하였다.

파바바바밧!

보법을 밟아 맹렬히 돌진하는 화수에게 용의 전령이 냉기의 보호막을 쳐주었다.

스르르르릉!

이제 그는 호신강기와 더불어 아주 강력한 보호 수단을 몸에 두르고 싸울 수 있게 된 것이다.

그는 천마신공의 비기인 혈풍대신권을 쳤다.

"혈풍대신권!"

혈풍대신권은 본인 무공의 2/3를 할애하여 치는 권이기 때문에 잘못하면 생명에까지 지장을 각오해야 할 무공이다.

하지만 지금 화수의 작전이 먹혀들지 않을 경우엔 더 많은 사람이 죽을 테니 그는 희생을 기꺼이 감수하였다.

스스스스!

붉은색 진기가 작은 소용돌이를 만들어내더니 이내 화수의 손끝에 거대한 피의 회오리바람을 이뤄냈다.

고오오오오오!

화수는 그것을 놈의 머리에 날려 버렸다.

"이거나 먹어라!"

끼기기기기긱, 콰앙!

혈풍대신권이 놈의 머리에 날아가 꽂히자, 사방에 와일드코일의 몸통이 피처럼 흩뿌려지기 시작하였다.

촤라라라라락!

끄아아아앙!

화수는 김태하에게 무전을 쳤다.

"지금이다!"

—예, 대장님!

김태하는 괴로워하는 와일드코일에게 다시 한 번 회심의 일격을 선사하였다.

퍼엉!

그가 쏜 충격기가 심장 부근에 달라붙어 안착하였다.

턱!

"서, 성공이다!"

—이놈, 죽어라!

쾅!

엄청난 전압에 의해 송출된 전기가 뿜어져 마치 폭탄이 터지는 듯한 굉음이 울렸다.

그 일격에 맞은 와일드코일은 무너져 내렸고, 화수는 자신의 앞에 있는 거대한 몬스터 코어를 수집 장치에 담았다.

그러자 수만 마리의 와일드코일 분열체가 힘을 잃고 정지하였다.

"돼, 됐다!"

—성공입니까?!

하지만 바로 그때, 화수의 발목을 잡는 또 하나의 와일드코일이 있었다.

끼릭, 끼릭!

"아직 안 죽은 놈이 있어?!"

—대장님, 제가 처치하겠습니다!

"아니다. 내가 하지!"

아마도 이놈은 원래 분열을 일으킨 본체일 것이다.

와일드코일은 아주 작은 본체가 끝도 없이 분열을 일으켜 지금의 세력을 일궈낸 것인데, 아무리 큰 위협이 있더라도 본체는 끝까지 자신의 코어를 사용하지 않는다.

이 엄청난 크기의 심장은 놈이 만들어낸 부산물에 불과하고 진짜 코어는 이곳에 붙어 있는 셈이다.

끼이잉!

놈이 첫 번째 분열을 일으켜 한 쌍이 되었을 때, 화수는 본체를 발로 밟아 움직이지 못하도록 만들었다.

퍼억!

"이놈, 오늘 내가 너를 먹어치워 주마!"

화수는 흡성대법을 시전하여 놈의 작은 코어를 흡수해 버렸다.

"흡성대법!"

슈가가가가각!

끄이에에엑!

죽지 않기 위해 안간힘을 쓰던 와일드코어는 결국 화수에게 흡수되어 껍데기만 남게 되었다.

"이놈, 그동안 사람들을 괴롭힌 벌이다."

—대장님, 상황 종료입니까?

"대략적으로 그런 것 같군. 이제 한 마리 남았어."

그는 마지막으로 남은 분열체를 죽이려 손을 뻗었다.

그러자 분열체가 화수의 손을 따라 위로 살짝 움직였다.

끼릭.

"으음?"

화수가 고개를 갸웃거리자, 놈도 살짝 갸우뚱하게 몸을 기울였다.

—대장님, 놈이 대장님을 따라 하는 것 같습니다. 아무래도 우두머리의 코어를 흡수하셨으니 대장님을 본체로 인식하는 모양입니다.

"흐음, 흥미로운 놈들이군."

잠시 후, 엄청난 숫자의 와일드코일이 자리에서 일어나 화수의 곁으로 모여들기 시작하였다.

치지지지지직!

와일드코일의 분열체는 화수의 곁으로 몰려와 새까만 파도처럼 그의 행동대로 움직였다.

끼릭, 끼릭!

순간, 화수는 자신의 뇌리로 놈들의 전자 파동이 느껴지는 것을 알아챘다.

'이놈들, 내 생각대로 움직일 수 있는 놈들인 모양인데?'

그는 와일드코일을 최대한 작게 뭉치도록 명령했다.

—작아져라!

그러자 화수의 팔에 수만 개의 조각이 한 점으로 모여들기 시작하였다.

끼릭, 끼릭, 끼릭!

수만 개의 와일드코일 조각은 이제 화수의 팔에 손목시계처럼 자리를 잡았다.

아마도 화수의 머릿속에 있는 형상을 그대로 본떠 모양을 잡은 것 같았다.

—진짜 스마트 워치가 생기셨네요.

"그러게 말이야."

그는 새로운 동료를 얻었다.

* * *

한국의 야차 중대가 아주 조용히 와일드코일을 제거했다는 소식이 미군정을 통하여 퍼져나가기 시작하였다.

미군정은 야차 중대의 이러한 행보가 영웅적인 것이라 칭송하였지만 그렇지 않은 집단도 있었다.

"…빌어먹을, 이놈은 매번 우리의 앞길을 막는군."

"혹시 놈이 우리의 정체를 알고 있는 것은 아닐까요? 삼척 때도 그랬고 지금도 그렇고 말입니다."

"그럴 수도 있겠어. 처음엔 우연이라고 생각했지만, 이제 보니 그것이 아닌 모양이야."

아프리카산 마약을 해외로 빼돌리는 가장 빠른 길은 수메르 운하이고 그곳을 통제하는 것은 국가이다.

하지만 수메르 운하 인근의 치안이 문란해지면 수메르 운하 중간에 마약을 환적할 수 있는 구멍이 많이 생기게 된다.

제레는 수메르 운하 인근 백사막에 다수의 골렘과 와일드코일을 옮겨다 놓고 주기적으로 먹이를 주며 키웠다.

와일드코일은 주기적으로 전기를 먹고 무려 5만 개나 되는 복제품을 생산해 냈다.

비록 와일드코일을 포획하고 기르는 데 들어간 돈이 수천억 달러에 이르지만 이곳에서 벌어들인 소득은 무려 3개월 만에 두 배로 불어났다.

이제 그들은 이곳을 자신들만의 마약 루트로 이용하여 유럽 등지와 동북아시아까지 진출할 생각이었다.

그러나 야차 중대가 갑자기 와일드코일을 사냥하는 바람에 그 앞길이 막혀 버렸다.

"개자식들, 도무지 인생에 도움이 안 되는 놈들이군."

"언젠가는 그놈들을 죽여야 합니다. 그렇지 않으면 우리가 살아남을 수 없을 것이 뻔합니다."

"그러나 강화수 그놈의 괴물 같은 실력을 잘 보지 않았나?"

"…암에 걸려 죽을 줄 알았는데 이렇게 멀쩡히 살아 있다니요. 재앙입니다."

제레 몬스터 연구소의 부소장인 조충민은 더 이상 이곳에는 미래가 없다고 판단하였다.

"돌아가자."

"하지만 우리가 다시 돌아가면 놈들이 가만있지 않을 겁니다."

"최소한 원금은 회수했으니 죽이지는 않겠지."

"그, 그렇지만……."

"어쩔 수 없다. 우리 제레가 다시 홍하자면 놈들의 말을 고분고분 들으면서 힘을 키우는 수밖에 없어."

"끄응……."

"제기랄, 애초에 라영일을 그때 죽였어야 하는데 내 생각이 짧았어. 따지고 보면 이 모든 것이 그놈 때문이다."

"하긴, 그건 그렇지요. 놈 때문에 더 이상 한국에서 리스크머니를 만들 수 없게 되었으니 우리가 설 자리가 없어진 것이지요."

"그놈 때문에 이 사달이 난 것이다. 만약 그놈이 아니었다면 강화수가 연구소를 발견했을 리도 없고 삼척이 소탕되는 일도 없었을 거야. 그로 인해 전 국토가 밀려 버린 것은 재앙이었다. 그 두 놈, 평생의 숙적이다!"

제레는 지금까지 도시를 황폐화시키고 그로 인해 변동되는 주식시장의 리스크머니로 꽤 큰돈을 벌어들이고 있었다.

지금까지 그들은 몬스터를 계량하는 데 들어가는 연구비로 그 돈을 다 탕진하였기 때문에 남는 것이 하나도 없었다.

그러나 지금까지 그들이 돈을 쏟아 부어 얻어낸 데이터는 몬스터로 군대를 조직할 수 있을 정도로 광범위하였다.

심지어 그들은 몬스터를 길들이는 약물을 개발하는 중인

데, 거의 80% 이상 진행된 상태였다.

만약 이대로 제레가 조금만 더 돈벌이를 지속하게 된다면 향후 반년 안에 몬스터를 길들이는 약물을 완성하게 될 것이다.

"그 약물을 완성하게 되면 우리가 가지고 있는 DNA 정보로 몬스터를 생산하고 그것들로 군대를 조직할 수 있다. 그때는 우리가 이 세상을 지배하는 거야."

"그래도 돈이 있어야……."

"새로운 돈벌이는 또 만들어내면 그만이다."

조충민은 새로운 일거리를 찾아 떠나기로 했다.

"짐 챙겨. 망설일 시간에 새로운 일을 찾는 것이 빠르다."

"예, 알겠습니다."

제레는 연구소를 접고 다시 새로운 땅을 찾아 이주를 시작하였다.

* * *

러시아 모스크바의 한 전통 식당에 안성 그룹의 비서실장과 그의 부하 세 명이 들어섰다.

네 사람은 전통 식당에 앉아 샤슬릭에 보드카를 곁들이고 있는 한 중년에게 다가갔다.

"이바노프 회장님?"

"왔는가? 장 회장은?"

"이제 막 비행기를 타셨습니다."

"그렇군."

레오니드 이바노프는 자신의 곁을 지키던 셰콜린스 조직원들에게 말했다.

"어이, 사샤를 데리고 와."

"예, 보스."

잠시 후, 러시아 마피아 조직 셰콜린스의 2인자 알렉산드르 야코블레프가 식당 안으로 들어왔다.

"부르셨습니까?"

"손님이 오셨다. 처리할 문제가 있으면 처리할 수 있도록."

"예, 알겠습니다."

알렉산드르 야코블레프가 안성 그룹 비서실장 국일호에게 살며시 고개를 숙였다.

"오랜만입니다."

"잘 지내셨지요?"

"덕분에 잘 지냈습니다."

"그럼 가실까요?"

셰콜린스의 실질적인 업무를 처리하는 알렉산드르 야코블레프는 보스 레오니드 이바노프의 양자이자 조직의 후계자다.

미래에 조직을 물려받을 알렉산드르는 레오니드의 딸 소피

야와 약혼한 사이이기도 했다.

레오니드는 이 세상에 단 한 사람, 오로지 알렉산드르만 신뢰하고 그에게만 모든 실권을 일임하였다.

덕분에 아주 바쁘게 살아가고 있는 알렉산드르이지만 불만은 없었다.

그는 국일호와 함께 식당의 시크릿 룸으로 들어가 사업에 관한 얘기를 시작하였다.

"동북아시아 쪽 사업장이 완전 갈가리 찢겨 버렸다고 하더군요."

"어쩌다 보니 일이 그렇게 되었군요."

"이것 참, 우리도 요즘 일본 쪽 사업에 문제가 생겨서 골치가 아프던 참입니다."

"일본이요? 한국 대부 시장으로 진출한 아이자와회를 말씀하시는 겁니까?"

"네, 그곳입니다. 조만간 불법 사업을 전부 청산하고 대부업에만 집중하겠다는 것 같더군요."

"갑자기 왜 그런 선택을 한 것일까요?"

"후계자가 바뀌면서 조직이 한바탕 뒤집어진 모양인데, 그 이후로 자꾸 이상한 짓거리만 하고 다니는 것 같습니다."

"흐음."

"아무튼 여러모로 힘든 상황입니다. 가뜩이나 시장도 안 좋아졌는데 혼돈인지 뭔지 하는 놈이 설치는 바람에 주가가 바닥입니다. 조만간 작전 한번 크게 펼쳐야 할 것 같아요."

국일호는 알렉산드르에게 작은 파일을 하나 건넸다.

"제레가 작전에 실패했답니다. 이번에 일본으로 불러들여서 새로 작전을 짜라고 압박을 가해볼 생각입니다."

"백사막에서 꽤 돈벌이가 좋은 것 아니었습니까?"

"야차 중대가 와일드코일을 족쳐놓았답니다. 사업이 아주 뭉개지고 말았네요."

"…하여간 강화수 그 개자식은 도움이 안 되는군."

"누가 아니랍니까?"

알렉산드르는 일본에서 벌일 사업 아이템 구상에 대한 아이디어를 꺼내놓았다.

"어차피 중국의 주가는 물 건너갔으니 일본 동토에 아주 큰 것 한 방 내려놓으시지요."

"큰 것 한 방이요?"

"바다를 아예 못 쓰게 만들어 버리면 재미 좀 볼 겁니다."

"바다라……?"

"원전을 기습한다든지 해안가를 점령한다든지 하는 일 말입니다."

"아하! 원전!"

"리스크머니는 지속이 오래될수록 가치가 높아집니다. 우리가 이득을 볼 수단은 그곳에 있습니다."

일본을 포함한 대부분의 나라는 아직까지 에너지 생산의 많은 부분을 발전소에 의지하고 있는 실정이다.

비록 꽤 많은 발전소를 몬스터에 의해 빼앗기긴 했어도 여전히 그곳에서 나오는 에너지의 양은 무시하지 못하기 때문이다.

몇 개의 발전소를 운용하기만 해도 민생이 나아지니 국가로선 원전을 포기하지 못하는 것이다.

그러나 만약 이곳에 직접 타격을 입힌다면 에너지 관련 주가가 들썩일 것이고 해양 산업 역시 그러할 것이 분명했다.

"우리의 활로는 일본에 있었군요."

"당장 제레를 만나서 족쳐봅시다. 때마침 혼돈인지 뭔지 하는 놈 때문에 분위기가 어수선하니 지금이 기회입니다."

"좋습니다. 그럼 곧바로 실행하시죠."

두 사람은 악수를 나누었다.

"좋은 만남이었습니다."

"저 역시."

사업에 대한 얘기가 끝나자마자 두 사람은 돌아서 각자 갈 방향으로 나아갔다.

제5장

혼돈을 파괴하다

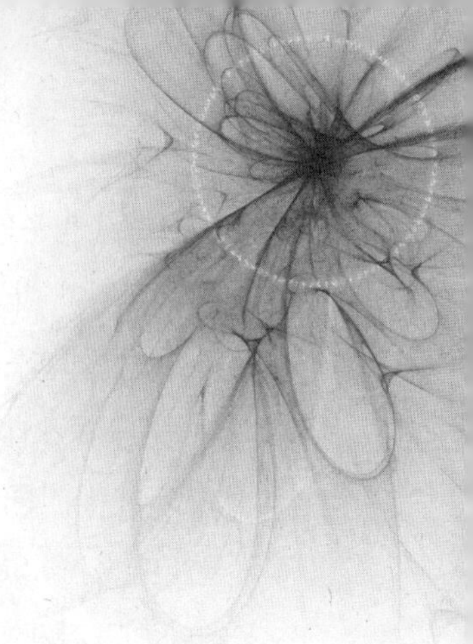

이집트 백사막에서 철수한 화수는 서부의 또 다른 사막인 흑사막으로 향했다.

흑사막은 오래전 화산활동으로 화산재가 쌓인 후 그것이 굳어져 검은색 사막을 이루게 되었다.

사막의 검은색은 철광석의 성분 때문인데, 이곳의 철광석은 이집트의 주요 자원이기도 했다.

하나 지금은 맨티코어나 자스, 골램 등으로 철광석 채취가 다소 제한되어 철광 산업이 위축되어 버렸다.

몬스터의 창궐로 인해 이집트는 관광과 산업 이 두 가지를 모두 잃어버린 비운의 나라라고 할 수 있었다.

만약 미군정이 이곳에 전투부대를 파견하지 않았다면 지금쯤 이집트는 몬스터들의 세상이 되고 말았을 것이다.

화수는 아주 오래전에 이곳에서 수렵 작전을 벌여 사람들의 생활 터전을 복구해 주었지만 그것만으론 온전히 예전의 생활을 되찾을 수 없었다.

특히나 아프리카에는 등급이 높은 몬스터들이 많이 자생하기 때문에 어지간한 인력으론 그것들을 밀어내기가 불가능했다.

화수는 한때 자신이 동료들과 함께 전투를 벌이던 격전지를 바라보았다.

"오랜만이군."

추억에 젖은 화수에게 강하나가 물었다.

"흑사막에 와보신 적이 있습니까?"

"백사막에서 토벌 작전을 벌인 후 곧장 이곳을 토벌하였지. 하지만 주요 도로 몇 개만 회복했을 뿐 별다른 수확은 없었어."

"다시 오니 기분이 어떠십니까?"

"답답하지, 뭐."

그는 이 검은색 사막을 인간이 차지할 수 없다는 것에 통탄함을 금치 못하고 있었다.

언젠가는 되찾을 땅이라 막연히 생각하고 있을 뿐 별다른 조치를 취하지 못하고 있는 이집트 정부는 더 답답할 것이다.

화수는 이곳에서 새로운 작전을 펼치기로 했다.

"맨티코어는 개체 수가 꽤 많은 몬스터다. 위험도가 높지만 서식 환경만 갖춰지면 생각보다 뛰어난 번식 능력을 보이거든."

"그럼 찾기가 힘들지는 않겠군요."

"그래, 그렇긴 하지만 사냥하기도 까다로워. 놈들은 무리 생활을 하거든."

"허, 허어!"

"우리는 맨티코어의 새끼만을 노린다. 성체를 모두 다 상대하기엔 역부족이야."

"하지만 새끼라고 해서 만만히 잡을 수 있는 것은 아니지 않습니까? 더군다나 새끼는 항상 성체가 지키고 있을 텐데요."

"맞아. 새끼는 수컷이 지킨다. 무리의 우두머리가 새끼를 항상 돌보고 있지. 이곳의 몬스터들이 제정신이라면 새끼를 데려갈 리 없어."

"그, 그럼 우리는 놈들을 어떻게 잡습니까?"

"자네들, 혹시 인형 뽑기 해본 적 있나?"

"거미발처럼 생긴 그 인형 뽑기 말입니까?"

"그래, 그 토이크레인 말이야. 우리는 맨티코어의 새끼를 토이크레인처럼 뽑아서 올린다."

"허, 허어! 그게 가능하겠습니까?"

"제아무리 맨티코어가 비행 능력이 뛰어나다고 해도 비행기를 따라올 수는 없다. 내가 수컷의 시선을 끌고 있을 때 자네들은 비행기에 로프를 매달아 새끼 한 마리를 잡아서 떠나는 거야."

"그다음에 대장님은 어떻게 하실 건데요?"

"나야 뭐 알아서 잘 살아 나가야지. 수렵을 하는 것도 아니고 혼자서 도망치는 것은 내가 좀 하잖아?"

"흐음."

"이보다 더 좋은 방법이 있으면 말해보도록."

강하나가 입을 닫고 있을 무렵, 최지하가 끼어들어 그녀를 구해주었다.

"더 좋은 방법이 있을 수가 있나? 장사 하루 이틀 하는 것도 아니고 말이야. 안 그래, 우리 꼬맹이?"

"저, 저는 잘 모릅니다. 그냥……."

"대장님이 걱정되는 거지?"

"…물론입니다."

"걱정할 필요 없어. 대장은 불사신이니까."

화수는 실소를 흘렸다.

"불사신도 몇 번이고 죽을 뻔했지. 강하나 소위도 잘 보았지?"

"그래서 더 불안한 겁니다."

"그렇지만 걱정할 필요 없다. 이 정도 작전에서 죽을 것이라면 레서 드래곤 때 이미 저세상으로 떠났을 거야."

그는 이번 작전을 공식화하고 개요도를 작성하기로 했다.

* * *

화수는 이집트에 주둔하고 있는 미군정에서 우레탄과 몬스터 힘줄, 티타늄으로 만들어진 초대형 로프를 대여하였다.

맨티코어의 수컷은 다 성장했을 때 무려 10톤에 이르는 무게를 자랑하게 된다.

현재 야차 중대가 사냥감으로 찍은 가칭 '에드' 무리의 가장 작은 새끼는 이의 1/10에 해당하는 1톤의 무게다.

전술용 비행기에 1톤의 새끼 맨티코어를 매달고 날아가는 것은 문제가 안 되지만 놈이 발악을 할 경우엔 로프가 끊어질 수도 있다는 것이 관건이다.

해서 화수는 현재 미군에서 보유하고 있는 밧줄 중에서 가장 강력한 장력의 밧줄을 대여하여 작전에 임하기로 했다.

미군정은 화수의 이러한 작전에 동참하고 싶다는 의사를

보내왔다.

크리스 모라한 대령은 맨티코어를 포획하여 자세한 실험을 해보고 싶다며 운을 뗐다.

"잘 아시겠지만 맨티코어는 현재 우리 부대에 가장 큰 위협이 되는 몬스터입니다. 만약 가능하다면 포획하여 실험을 해보고 싶군요."

"흐음."

"놈들의 입장에서도 두 마리의 새끼를 데리고 도망간다면 분명 시선이 분산될 겁니다."

"하지만 그만큼 놈들의 주의를 끌 수도 있겠죠. 놈들의 새끼에게 접근하는 동안 말입니다."

"그러나 추후 강화수 중령이 도망을 칠 때에도 우리가 작전에 투입되는 것이 좋지 않겠습니까?"

모라한 대위의 말이 전혀 틀린 것은 아니었지만 화수는 고민에 빠질 수밖에 없었다.

어찌 되었든 간에 작전에 인원이 늘어난다는 것은 실패할 확률이 그만큼 늘어난다는 뜻이기 때문이다.

또한 작전의 리스크가 두 배로 늘어나니 화수의 부담감도 커질 것이 분명했다.

화수는 부대원들에게 저들의 동참에 대해 물었다.

"어떨 것 같아?"

"뭐, 그리 나쁜 것 같지는 않은데?"

"제 생각도 그렇습니다."

최지하와 김예린이 대답하자 나머지 대원들도 고개를 끄덕였다.

화수는 동료들의 의견을 수렴하여 미군정의 작전 참여에 대해 긍정적으로 답하였다.

"내일 작전 회의가 있을 겁니다. 그때 해당 인원을 보내주십시오. 작전 회의가 끝나면 곧바로 투입합니다."

"잘 생각하신 겁니다. 절대로 후회는 하지 않을 겁니다."

"부디 그렇게 되길 바랍니다. 필요하지 않는 희생은 원치 않거든요."

"물론입니다."

화수는 객식구를 작전에 끌어들이게 되었다.

다음 날 아침, 화수가 묵고 있는 주둔지로 미군 수렵 부대의 인원 20명이 찾아왔다.

그들은 전술용 비행기와 숙련된 조종사를 골고루 갖추어놓았다고 자부하였다.

화수는 이들에게 맨티코어 사냥을 해본 경험이 있는지 물었다.

"어떻습니까? 맨티코어는 겪어보셨습니까?"

"교범에서 배웠습니다. 하지만 실제 맨티코어를 수렵한 경험은 없습니다."

"흐음, 실전은 책이랑 많이 다를 텐데요?"

"그러나 이번 작전은 직접 전투를 하는 상황이 아니지 않습니까? 전술용 비행기의 출력이라면 분명 놈들을 따돌리고도 남을 겁니다."

그는 출전을 앞두고 깊은 고민에 빠졌다.

'이런 햇병아리들을 데리고 무슨 포획 작전을 펼친다는 거지?'

바로 그때, 화수에게는 꽤나 익숙한 얼굴이 들어섰다.

"강화수 중령, 오랜만이군."

"제이나?"

"이게 도대체 얼마만이야?"

매력적인 긴 생머리를 질끈 동여매 묶은 그녀는 백옥 같은 피부에 8등신의 우월한 비율을 자랑하는 미녀였다.

그녀가 정말 군인이 맞나 싶을 정도로 화려한 미모를 자랑하였지만, 화수는 그녀의 미모에 가려진 잔악함을 잘 알고 있었다.

일반적인 수렵 전문가들이 몬스터를 없애는 데 생존이라는 명분을 붙인다면, 그녀는 즐거움이라는 명분을 붙였다.

다소 가학적인 성품을 가진 그녀는 몬스터를 살해하고 학살하는 데 취미를 가지고 있어 자처하여 격전지로 파병을 다녔다.

현재 그녀의 계급은 중령이고 출전 횟수는 화수의 2/3에 달할 정도로 많았다.

미군정은 그녀가 화수에 필적할 수 있는 유일한 인재라고 말하는데, 실제로 그녀는 전 세계에서 화수 다음으로 가장 유명한 수렵 전문가였다.

제이나는 화수를 보자마자 엉덩이에 손을 가져다 댔다.

짜악!

"아직 탱탱하군. 역시 스페셜리스트는 죽지 않는 건가?"

"…그 손버릇, 아직도 못 고쳤어?"

"후후, 내가 당신을 먹어보지 못한 것은 천추의 한이야. 이제 와서 손버릇을 왜 고쳐?"

"……"

표정이 점점 일그러지는 것은 화수뿐만이 아니었다.

"저 할망구가 또 시작이네?"

"어라? 최지하도 있었어? 오랜만이지, 우리 꼬맹이?"

"…어이, 할망구, 그렇게 색만 밝히다간 일찍 죽어."

"너처럼 색을 너무 안 밝혀도 암으로 일찍 죽는다고 하더라. 아아, 아닌가? 스트레스성 궤양으로 죽는다고 했던가?"

보자마자 서로 으르렁거리는 두 사람을 바라보며 화수는

한숨 쉬듯 말했다.

“거참, 만나자마자 또 싸움이군. 부하들 보는데 창피하지도 않나?”

“흥, 이런 노망난 노인네가 그런 걸 알기나 하겠어?”

“후후, 사람이 원하는 것을 쟁취하자면 뭔가 하나는 포기해야지. 난 너만 먹을 수 있다면 권위쯤은 아무렇지도 않게 포기할 수 있어.”

10년 전부터 줄곧 화수를 쫓아다닌 그녀는 호시탐탐 화수를 자빠뜨리기 위해 기회를 엿보곤 했다.

화수는 그녀의 이런 행동이 반쯤 장난이라고 생각하고 있지만 본인은 100% 진심이었다.

그녀는 자신이 아는 생물 중 화수가 가장 강하다고 생각하고 있기 때문에 그를 자빠뜨리는 것은 전 세계의 모든 남자를 자빠뜨리는 것과 같았다.

아마 그녀는 화수가 죽을 때까지 포기하지 않고 따라다닐 것이 분명했다.

화수는 이제 슬슬 분위기를 정리해야 할 때가 왔다고 생각했다.

“장난은 여기까지 하지. 작전을 앞두고 있어. 난 사람이 죽는 것은 딱 질색이다.”

“동감이야. 나도 네가 싫어하는 짓은 구태여 하지 않아. 난

심플하고 쿨한 여자거든."

"…쿨은 개코나, 쿨 몽둥이로 두들겨 패줘야 정신을 차리지."

"진짜야. 난 누구처럼 남자에게 고백 한 번 못 해보고 살아온 그런 지지부진한 사람이 아니거든."

"……."

그는 고개를 가로저었다.

'두 사람을 빨리 떼어놔야겠어.'

화수는 억지로 회의를 강행시켰다.

"미군은 우리의 후미 열에 붙어 따라온다."

"사령선에 내가 타면……."

"안 된다. 후방 부대를 지휘할 사람이 있어야 해."

"쳇, 여전히 철벽이군."

"…아무튼 작전 개요도는 다 숙지하고 있겠지?"

"물론."

"좋아, 내가 지상으로 내려가 우두머리 수컷을 상대하면 신속하게 포획해서 도망치는 거다. 불만 없지?"

"있어. 당신 혼자서 그런 미친 짓을 하도록 내버려 둘 수는 없지. 나도 함께 내려간다."

"그건……."

그녀는 완전히 마이 웨이인 여자라서 이미 결심한 것은 절

대로 바꾸는 법이 없다,

화수의 말을 잘라 버린 그녀가 김예린을 바라보았다.

"김예린 대위라고 했던가?"

"네."

"당신이 지금부터 우리 부대를 총괄한다. 나의 지휘권을 당신에게 넘기겠어."

"그렇게 지휘 체계를 막 바꾸면 어쩌라는 겁니까?"

"원래 나는 이 작전이 진행되는 데 있어서 전혀 고려 대상이 아니었던 것으로 아는데? 그럼 화수가 사라지면 누가 두 개의 부대를 지휘할 생각이었지?"

"……."

"맨티코어 수컷은 생각보다 위험하다. 나는 내 남자가 전장에서 죽는 것을 절대로 용인할 수 없어."

천하의 김예린도 그녀의 앞에선 한 수 접을 수밖에 없었다. 요목조목 틀린 소리가 하나도 없었기 때문이다.

결국 그녀는 합죽이가 된 채로 고개만 끄덕였다.

"자, 그럼 작전은 모두 정리된 건가?"

"…뭐, 그런 셈이지."

"이봐, 화수 씨. 당신이 그렇게 우거지상을 하고 있으면 어떻게 해? 내가 함께 가는 것이 그렇게 못마땅해?"

"스페셜리스트가 함께하는 것은 좋은 일이다. 다만……."

"다만?"

"부담이 될 뿐이지."

"후후, 난 또 뭐라고."

그녀는 작전 상황판을 엎어버렸다.

쿵!

"자, 출발이다!"

"예, 중령님!"

전술 비행기로 향하는 그녀를 바라보며 화수는 고개를 가로저었다.

'힘든 사냥이 되겠어.'

그의 얼굴에 근심이 가득하다.

*　　*　　*

작전지역 '심바존'에 야차 중대와 밀크 중대가 도착하였다.

화수는 망원경으로 사냥을 나가고 있는 암사자들을 바라보았다.

"코카트리스를 사냥하려는 모양이군."

"그걸 어떻게 아십니까?"

"저놈들은 대략 20마리쯤 무리를 지어 생활하는데, 무리가 모두 사냥을 떠나는 날은 그리 많지가 않아. 자이언트 타우를 사냥하거나 코카트리스를 사냥하는 날엔 저렇게 떼로 몰려 나가지.”

“만약 그렇지 않은 날에는 어떻게 행동하는데요?”

“분담을 해. 한 구역에서 사냥을 하고 있으면 개체들이 반대쪽으로 우르르 몰려가는데, 반절은 이곳에서 사냥을 해. 그러니까 양쪽으로 몰이사냥을 하는 거지.”

“머리가 좋은데요?”

“괜히 사람의 얼굴을 가진 것이 아니지.”

밀크 중대의 전술 비행기에서 제이나가 내려와 야차 중대의 전술 비행기로 건너왔다.

“가자, 허니.”

“그래, 지금이 적기다. 나가려면 지금 나가야 해.”

처음엔 그녀가 스위트 하트라든지 달링, 허니와 같은 호칭으로 부르는 것에 일일이 반응했지만 이제는 화수도 나이를 먹었다.

그녀가 뭐라고 부르던 대수롭지 않게 넘길 수 있는 남자가 된 것이다.

하지만 최지하는 여전히 그녀가 껄끄러웠다.

“그만 좀 하지? 징그럽게 무슨 허니야? 우리 대장이 꿀단지냐?”

“내 남자를 허니라고 부르는데 네가 무슨 상관이야?”

"…누가 네 남자야?"

"그럼 네 남자야?"

"그, 그건 아니지만……."

"그럼 됐어."

최지하는 항상 그녀와의 논쟁에서 본전도 못 찾고 돌아서고 만다.

"아무튼 암사자들이 떠난 지금이 최적기다. 보아하니 새끼들도 꽤 많은 것 같고, 수사자가 정신 사납기 딱 좋은 그림이야. 작전을 개시하자."

"알겠어, 허니."

화수는 티타늄 방패와 함께 25㎏의 군장을 짊어졌다.

이번 작전이 끝나고 다시 귀대할 때까지 얼마나 걸릴지 아무도 알 수가 없기 때문에 짐이 많을 수밖에 없었다.

그나마 제이나가 화수의 짐을 절반 나누어 들어주었기 때문에 다소 홀가분하게 떠날 수 있게 되었다.

거대한 군장을 짊어진 두 사람이 전술 비행기에서 내렸다.

"그럼 우리는 떠난다. 김예린 대위."

"예, 대장님."

"야차 중대와 밀크 중대를 잘 부탁한다."

"걱정하지 마십시오."

화수와 제이나의 분대가 떠나자 김예린은 곧장 작전 시작을 전 부대에 전파하였다.

"알파팀은 서쪽으로 작전을 전개하고 브라보팀은 동쪽에서 작전을 진행한다. 이의 있나?"

"없습니다!"

"자, 그럼 기수를 틀고 마취약을 준비하자."

야차 중대와 밀크 중대는 신속하게 움직여 작전을 전개하였다.

같은 시각, 화수와 제이나는 작전지역을 코앞에 두고 있었다.

휘이이이잉.

바람이 작전지역에서 역풍으로 불고 있었는데, 이것은 화수의 냄새를 뒤로 날릴 수 있는 아주 좋은 수단이 된다.

"하늘도 우리를 돕는군."

"원래 현모양처는 하늘이 내린다고 하지. 내가 바로 그 여자인가 봐."

화수는 그녀의 헛소리를 가볍게 무시한 채 망원경을 잡았다.

망원경에 들어온 사자 무리의 모습은 한가로움 그 자체였고, 주변에 위협이 될 만한 몬스터도 없는 것 같았다.

"천천히 접근하자."

"오케이."

화수가 방패를 앞세워 접근하기 시작하자, 그녀는 각개메어를 하고 있던 저격총을 펼쳤다.

철컥!

미군 수렵 부대가 사용하는 MPS—14 소총은 무게 12kg에 유효사거리 6km의 엄청난 괴력을 발휘한다.

소총의 무게가 거의 군장의 절반을 차지하지만 수렵에 필요한 거의 모든 기능이 내포되어 있어 별다른 군장을 챙길 필요가 없었다.

그녀는 소총에 달린 열상 장비로 전방을 살폈다.

"아직까지 위협은 없다."

"레이더에 뭔가 잡히는 것 같아?"

제이나는 소총의 스코프에 부착된 광대역 스캐너를 작동시켜 지하의 암반까지 전부 살폈다.

삐빅!

그녀는 고개를 저었다.

"없어."

"좋아, 10초 후에 놈을 타격한다."

"라져."

어느새 얼굴에서 장난기가 사라진 그녀는 또 다른 미소를 띠기 시작했다.

"후후, 그럼 좀 놀아볼까?"

사냥을 앞두고 잔뜩 흥분한 그녀에게 화수가 말했다.

"8초 남았다. 7, 6, 5, 4, 3, 2, 1."

"카운트 끝, 작전 시작한다!"

철컥!

그녀의 저격총이 맨티코어의 눈알로 날아가 명중하였다.

퍼억!

크아아아아앙!

"옳지, 맞았다!"

"놈이 미쳐서 날뛰겠군."

"그렇지만 아직까지 어디서 총알이 날아온 건지 잘 모르는 것 같아. 한 방 더 갈겨야겠어."

철컥!

그녀는 다시 한 발을 장전하여 맨티코어의 송곳니를 저격하였다.

까앙!

제아무리 수렵용 저격총이라고 해도 맨티코어의 이빨을 부러뜨릴 수는 없다. 하지만 놈의 이빨에 상처를 내는 것은 가능했다.

끼이이잉!

"앞으로 밥 먹고 살기는 글렀군."

"…죽이려면 곱게 죽이지?"

"어차피 총으론 저놈을 못 죽여. 이대로 내버려 두면 얼마나 많은 사람을 죽일지 모르니 시름시름 앓다가 죽도록 하는 것이 옳아."

"뭐, 그건 그렇지만……."

"쓸데없이 놈들에게 자비를 베풀 생각 하지 마. 자비는 네 동족들에게나 베풀라고."

그녀는 곧바로 맨티코어의 생식기에 일격을 가했다.

피융!

…끄아아아아아앙!

오른쪽 고환을 잃어버린 맨티코어는 미친 듯이 날뛰면서 탄환이 날아온 곳을 찾아다니기 시작했다.

대략 10초 후, 놈은 화수와 그녀의 위치를 파악하였다.

크르르르르릉!

"이성을 잃었겠는데?"

"후후, 불쌍하지만 어쩔 수 없지. 저격할 곳이 급소뿐인데 어떻게 해?"

"그, 그건 그렇지."

잠시 후, 화수의 면전으로 맨티코어의 입에서 뿜어져 나온 불길이 바람을 타고 들이닥쳤다.

크아아앙!

화르르륵!

맨티코어 수컷은 입에서 소이 작용을 하는 불길을 내뿜는데, 이것에 맞으면 백린 연막탄에 맞은 것과 비슷한 효과가 있다.

화수는 방패로 불길을 받아냈다.

치이이이익!

"…이놈, 백린이 꽤 많이 나오는데?"

"일반적인 맨티코어보다 좀 개량된 느낌이랄까? 좀 이상하긴 하군."

두 사람이 고개를 갸웃거리고 있을 무렵, 수컷이 본격적으로 달려나오기 시작했다.

펄럭!

박쥐의 것처럼 생긴 거대한 날개를 한차례 펄럭거린 맨티코어가 앞발을 휘둘러 화수의 방패 바로 앞을 그었다.

부웅!

묵직한 파공성이 들리면서 화수의 앞으로 한차례 소용돌이가 몰아쳤다.

깡!

"후폭풍만으로 이런 공격이라니, 등급이 한 단계 높아진 느낌이군."

"그러게 말이야. 이놈들도 세대가 바뀌면서 진화하는 모양인데? 인간이 점점 발전하는 것처럼."

"인류에겐 재앙과도 같은 소리군."

이제 화수는 그녀를 데리고 이곳을 빠져나가기로 했다.

"가자! 우리가 달려야 나머지가 살아!"

"오케이!"

두 사람은 조금 특별한 군화를 신고 있었는데, 이 안에는 평지를 시속 40㎞의 속도로 내달릴 수 있게 해주는 바퀴가 달려 있었다.

맨티코어는 시속 80㎞의 속도로 달릴 수 있지만 그것을 언제까지나 지속할 수 있는 것은 아니다.

만약 두 사람이 놈을 적당히 도발하면서 달린다면 아슬아슬하게 붙잡히지 않고 달릴 수 있을 것이다.

철컥!

일렬로 난 바퀴를 밖으로 돌출시킨 화수는 그녀를 데리고 신나게 내달리기 시작했다.

"가자!"

"알겠어!"

휘이이이이잉!

소형 모터가 바퀴를 회전시키자 두 사람은 빠르게 질주했다.

놈은 두 사람의 뒤를 아주 빠른 걸음으로 따라왔다.

크아아아앙!

쿵!

발로 화수와 그녀가 있던 자리를 쿵쿵 찧으면서 따라오니 체력 소모가 훨씬 더 심할 것이다.

이제 화수는 새끼들을 포획할 수 있는 좋은 기회가 왔다고 생각했다.

"본부, 본부 나와라!"

—여기는 본부.

"포획을 실시하라."

—입감!

김예린은 화수의 지시대로 비행기를 띄워 맨티코어 새끼들을 포획하였다.

피융!

거대한 주사가 새끼의 목덜미에 틀어박히자, 몇 초 지나지 않아 바닥에 쭉 뻗어버렸다.

끼이잉…….

"두 마리 모두 잘 자는군. 그럼 끌어 올리자."

"최산용 대위, 토이크레인 연습은 좀 했나?"

"원래 뽑기 같은 것을 잘합니다. 다만, 미군이 그런 것을 자주 접해봤을지 의문이군요."

최산용의 적당한 도발에 미군 파일럿이 자신 있게 대답하였다.

"이쪽도 게임은 자신 있다."

"오호, 그럼 누가 더 빨리 잡는지 내기하자고."

"좋지."

두 사람이 앞다투어 거미발처럼 생긴 소형 크레인으로 맨티코어 새끼를 낚아챘다.

척!

단 한 방에 새끼를 낚은 최산용이 먼저 날아오르자, 미군의 파일럿도 서둘러 새끼를 낚아 날아올랐다.

"작전 성공이다."

"좋아, 이대로 부대까지 전속력으로 달리자고."

작전이 성공적으로 이뤄질 즈음, 수컷이 눈치를 채고 미친 듯이 날아 비행기로 향했다.

크아앙, 크아아아앙!

새끼를 빼앗기면 이성을 잃는 것은 암컷이나 수컷이나 마찬가지다.

특히나 무리 생활을 하는 사자에게 새끼는 다음 세대의 피를 이을 후계이기 때문에 목숨을 걸고 지켜야 할 대상이었다.

아마 수컷은 새끼를 잡을 때까지 쉬지 않고 달릴 것이다.

화수는 놈이 비행기로 날아가지 못하도록 날개에 검기를 날려 버렸다.

"혈풍섬!"

촤라라라라락!

레서 드래곤의 뼈에 박힌 검기가 놈의 날개에 들어박히자, 이내 중심을 잃고 땅으로 떨어져 내렸다.

쿠웅!

크르르르르릉!

아무래도 화수를 등에 매달고는 새끼를 찾을 수 없겠다고 판단한 모양인지 놈은 곧장 화수에게로 다시 고개를 돌렸다.

"오냐, 네 상대는 이쪽이다!"

적당히 거리를 벌린 채 놈을 타격한 화수는 다시 바퀴를 굴리기 시작했다.

"가자!"

"그래, 적당히 달리자고."

두 사람은 중간중간 놈을 도발하면서 사막을 종횡무진하였다.

제6장

입장 차이

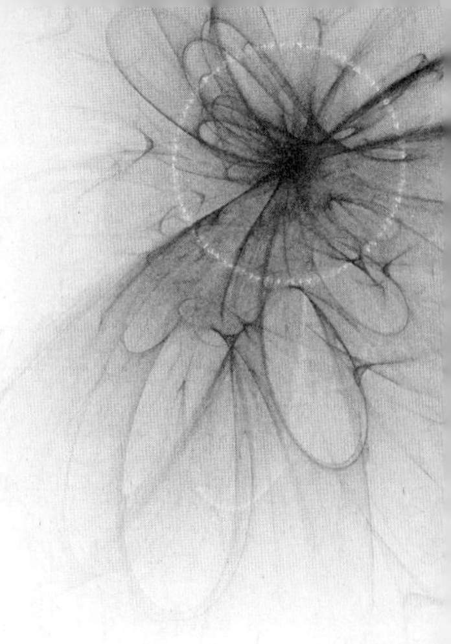

맨티코어를 간신히 따돌리긴 했으나 작전지역에서 반대로 200㎞나 더 떨어져 버린 화수와 제이나는 하는 수 없이 북부를 경유하여 본대로 복귀하는 수밖에 없게 되었다.

화수는 디지털 지도로 인근에 마을이 있는지 알아보았다.

"이곳에서 대략 이틀쯤 걸어가면 마을이 있어. 그쪽에서 본대로 연락하고 차량이 도착하기를 기다리자고."

"그래, 나는 남자의 말을 잘 듣는 여자니까."

그녀를 데리고 흑사막을 벗어난 화수는 몇 개의 오아시스를 지나쳐 폐쇄된 도로 위로 올라왔다.

이곳을 따라서 걸으면 사막을 따라서 걷는 것보다는 훨씬 더 나을 것이다.

그는 전자롤러스케이트의 배터리를 확인해 보았다.

"대략 20분쯤 갈 수 있겠어. 이것은 비상용으로 남겨두고 걸어가는 것이 좋겠지?"

"응, 그렇게 하자."

그녀는 화수의 곁으로 걸어와 슬며시 손을 잡았다.

"손 잡아줘."

"…안 더워?"

"뭐가 더워? 먼 길을 가야 하는데 손이라도 잡아야지. 그래야 마음이 놓이지 않겠어?"

매몰차게 거절하는 것을 잘 못하는 화수로선 손을 잡지 않을 수가 없었다.

그런데 신기한 것은 그녀의 말처럼 손을 잡고 나니 약간 심란하던 마음이 차분하게 가라앉았다.

"어때? 이러니까 좀 낫지?"

"그러게."

"난 당신의 눈동자만 봐도 무슨 생각을 하는지 알아. 요즘 심란한 일이 많지?"

화수는 씁쓸하게 웃었다.

"난 제이나에 대해서 아는 것이 별로 없는데… 조금 미안하군.”

“괜찮아. 어차피 짝사랑이라는 것쯤은 나도 잘 아니까.”

언제나 당찬 모습만 보여주던 그녀가 이런 속마음을 털어놓으니 어쩐지 한 걸음 물러서게 되는 화수이다.

“험험, 그나저나 식량은 얼마쯤 있지?”

“대략 사나흘 버틸 정도는 될 거야. 그러니 목적지까지 가는 데 별문제는 없다는 소리지.”

“그렇군. 식량이 떨어지면 어쩌나 걱정했는데 그건 신경 쓰지 않아도 되겠어.”

“걱정할 필요 없어. 내가 어련히 알아서 챙겼을까 봐? 당신이 좋아하는 3번 전식을 챙겼어. 스테이크가 들어 있어서 열량 보충에도 좋고 당신도 좋아하고.”

“고마워.”

그녀에겐 받기만 하는 화수이지만 단 한 번도 선물을 해준 적이 없는 것 같다.

“이봐, 제이나.”

“……?”

“생일이 언제야?”

“생일은 왜?”

“그냥. 너는 내 생일을 알 텐데 난 네 생일을 모르거든.”

“하긴, 관심이 있어야 생일도 알아볼 텐데.”

"…미안."

"내 생일은 10월 1일이야. 이제 얼마 남지 않았지."

"그렇군."

화수는 그녀의 생일을 머릿속에 잘 기억해 두었다가 작은 선물이라도 할 요량이다.

"있잖아, 제이나."

"왜?"

"좋아하는 것이 뭐야?"

"좋아하는 것? 당연히 당신이지."

"아니, 나 말고."

"수련?"

"…일 말고."

"으음, 두 가지를 빼고는 생각해 본 적이 없어서 잘 모르겠는데?"

"그렇게 수려한 외모를 유지하려면 필요한 것들이 있을 것 아니야?"

"뭐, 그건 그렇지."

그녀는 대수롭지 않게 말을 꺼냈다.

"아아, 하나 있어. 나는 운동에 관심이 많아."

"으음, 그렇군. 운동이라… 요가나 필라테스 같은?"

"요즘은 크로스 핏을 주로 해. 체력을 기르고 근력을 증강

시키는 데 효과적인 것 같더라고. 조만간 강사에 도전해 보려고.”

“그래, 좋은 자세야.”

화수는 그녀에게 관심을 갖자 알아야 할 것이 아주 많다는 것을 느꼈다.

지금까지 단 한 번도 그녀에게 관심을 기울여야겠다고 생각해 본 적이 없는 화수는 죽었다 살아나서야 취미를 알게 되었다.

‘내가 무심한 성격이긴 하지.’

비록 장난기가 심하긴 해도 화수에겐 아주 좋은 동료인 그녀에게 미안한 마음이 자꾸 밀려드는 화수이다.

* * *

그날 밤, 화수는 도로 위에서 하루를 보내기로 했다.

스마트케어 침낭 하나만 덜렁 펴놓고 잠을 청하기로 했지만 부비트랩과 MPS—14소총의 경보 시스템이 있어서 그나마 마음 편하게 잠을 잘 수 있게 되었다.

찌륵, 찌륵.

사막에 사는 벌레가 우는 소리가 들리며 꽤나 안락한 분위기가 연출되었다.

화수는 침낭 안에 들어가 하늘을 바라보며 자신도 모르게 감탄사를 내뱉었다.

"별이 정말 많군. 하늘에서 별이 쏟아질 것 같다는 표현은 이럴 때 쓰는 모양이야."

"주변에 아무것도 없으니 당연히 별이 많이 보이지. 옛날 상인들은 사막에서 별자리를 보고 방위를 잡았다니까 말 다 했지."

"그래, 그럴 것 같아."

가만히 누워 있던 그녀가 불현듯 화수에게 물었다.

"결혼은 했어?"

"아니, 안 했어. 너는?"

"나도 안 했어. 사귀자는 남자도 많았는데 다 차버렸어. 내 눈에 안 들어왔거든."

"뭐, 나도 마찬가지야. 이제 선자리가 들어오면 드문드문 나가보는 정도?"

"그럼 여자를 아예 안 만난 거야?"

순간 화수는 뭐라고 대답해야 할지 고민에 빠졌다.

사실대로 말하자면 술친구도 있고 문화생활을 함께하는 친구도 있지만 그녀에게 있는 그대로 말하면 상처를 받을 것 같았기 때문이다.

하지만 그녀는 역시 시원스러운 성격이다.

"있으면 있다고 말해도 괜찮아. 남자가 30년 넘게 살면서 여자 몇 번쯤 만나보는 것이 정상이잖아? 아예 안 만나본 것이 더 이상하지."

"…요즘 자주 만나서 술 마시는 친구는 있어. 영화를 보거나 커피를 마시는 친구도 있고."

"남녀가 친구라? 역시 당신다운 발상이야."

그녀는 자신의 생활에 대해서 말해주었다.

"나는 당신에게 들이댄 이후로 남자를 만날 수가 없었어. 내 눈에 안 차는 것은 물론이고 어쩐지 내가 당신 이외의 다른 남자를 만나면 자존심이 상했거든."

"자존심이 상해? 남자들이 다가온 적도 많았다면서. 그건 자존감이 높아지는 거 아니야?"

"아니. 정작 당신은 없잖아. 그게 자존심이 상해."

"아아……."

제이나는 처음으로 축 처진 목소리를 냈다.

"특히나 당신이 죽었다는 소식을 들었을 때엔 하늘이 무너지는 것 같았지. 그래서 일부러 장례식장에 안 갔어. 믿을 수가 없었거든."

"……."

"나를 한 번도 봐주지 않고 그렇게 가버리다니, 마지막 남은 자존심이 완전히 무너지는 느낌이었지. 한마디로 멘탈이 파괴되었다고나 할까?"

"미안하군."

"당신이 왜 미안해? 그럴 필요 없어. 이제는 마지막 남은 자존심까지 버렸으니 괜찮아."

그녀는 고개를 돌려 화수를 바라보았다.

"이젠 자존심 안 부려. 그냥 내가 단순해서 당신밖에 안 보인다고 생각하기로 했어."

"그렇군."

제이나가 화수에게 물었다.

"그런데 말이야, 당신은 내가 왜 싫어?"

"난 네가 싫지 않아."

"그럼 왜 10년이 넘도록 나를 피해 다닌 거야?"

"동료에게 연정을 품다니, 나로선 용납할 수 없는 일이었거든."

"그러니까 내가 오랜 동료라서 마음을 받아주지 않은 것이다?"

"간단하게 말하자면 그렇지. 하지만 그보다 더 복잡해. 이건 마치……."

"……?"

화수는 동료라는 이름을 빼고도 그녀를 받아줄 수 없는 이유를 딱히 집어내지 못했다.

"…말하기 힘든 감정인데?"

"막상 생각을 해보니 잘 떠오르지 않는 거야?"

"그런 것 같아."

"쳇, 싱거운 남자 같으니."

생각해 보면 그녀는 모든 남자들이 꿈꾸는 그런 이상형에 가까운 여자이다.

참하고 수더분한 사람은 아니지만 자신의 사람을 살뜰히 챙기고 그를 위해서 희생하기를 주저하지 않는 됨됨이를 갖고 있었다.

더군다나 외모는 상위 1%에 들어갈 정도로 수려했으며 성격도 이 정도면 꽤 좋은 편이다.

다만 몬스터를 살해하는 데 취미가 있는 이상한 취향이라는 것만 빼면 완벽한 여자였다.

그는 자신의 성격이 이상해서 그런 것 같다고 생각했다.

"내가 좀 이상한 것 아닐까? 누군가 다가오면 자연스럽게 밀어내는 것 같기도 하고……."

"고슴도치 콤플렉스를 가지고 있네."

"고슴도치?"

"고슴도치는 가시가 많잖아? 누군가 다가오면 그 가시에 찔려 아파할까 봐 선을 그어놓는 거야."

"으음."

"생각해 봐. 당신의 주변에 동료나 가족 말고 터놓고 얘기할 수 있는 사람이 있어?"

"…없지."

"지금껏 관계가 깊어질까 봐 도망친 적도 많지?"

"그렇지."

"당신은 고슴도치야. 난 그래서 당신이 더 좋았는지도 몰라. 강인함 속에 어쩐지 모를 슬픔이 가득하다고나 할까?"

화수는 실소를 흘렸다.

"나보다 나를 더 잘 아는군."

"소총 스스로보다 그것을 더 잘 아는 군인과도 같다고나 할까? 당신에 대해서 깊이 고찰하게 되면 자연스럽게 이렇게 돼."

"어쩐지 알몸을 보여준 것 같은 느낌이군. 홀딱 벗겨진 사람 같아."

그녀는 슬그머니 미소를 지었다.

"…한번 볼까? 그 탱탱한 엉덩이 말이야."

"거참, 엉덩이에 집착하는군."

"후후, 난 이상하게 당신의 엉덩이가 참 좋아. 축구공으로 슛을 쏘면 엉덩이에 맞고 다시 튕겨 나올 것만 같거든. 그런 성난 엉덩이가 매력적이란 말이지."

"하여간 취향이 참 독특해. 하긴, 이런 내가 좋다는 것을 보면 충분히 이해가 가."

"알긴 아는군."

화수는 지금까지 그녀를 알아오면서 가장 진솔한 얘기를 나눈 것 같았다.

*　　*　　*

다음 날, 화수는 미군의 파견부대가 주둔하고 있는 아켈라 마을에 닿았다.

촌장은 화수가 와일드코일을 제거하여 마을이 활로를 되찾았다며 그를 귀빈 대접해 주었다.

마을에서 가장 좋은 집을 내어주고 돼지를 한 마리 잡아서 두 사람을 극진히 대접하였다.

화수는 이런 환대가 부담스러웠으나 촌장의 강권을 도저히 뿌리칠 수가 없었다.

"부대에서 비행기가 올 때까지 이곳에 계셔주십시오. 은인을 대접하는 것은 우리의 오랜 전통입니다. 전통을 깨는 일은 하지 말아주십시오."

"그, 그렇지만 이건 너무……."

"신세를 진다고 생각하지 마시고 그냥 등가교환을 했다고 생각하십시오."

제이나는 화수 대신 흔쾌히 이 환대를 받아들였다.

“강화수 중령이 원래 좀 고지식해요. 그래서 그러는 것이니 너무 마음에 담아두지 마세요.”

“아하! 그런 것이군요!”

“환대에 감사드립니다. 아마 강화수 중령도 촌장님께 아주 많이 감사드리고 있을 겁니다. 다만 이런 환대가 익숙하지 않아서 그럴 거예요.”

“그렇군요. 말씀 감사합니다.”

돼지로 한상 차려놓은 촌장은 웃으면서 물러났다.

“그럼 저는 이만 가보겠습니다. 천천히 즐기면서 드십시오.”

“감사합니다.”

각종 허브로 구워 잡냄새가 아예 없는 돼지 통구이를 앞에 둔 제이나는 포크로 살을 잘라서 화수에게 한 점 건넸다.

“먹어. 당신이 옳은 일을 한 것은 틀림없는 사실이잖아? 더군다나 생면부지 남에게 도움을 주었고.”

“그렇지만 내 이득을 위해서 한 일인데?”

“그 또한 혼돈을 잡기 위한 일이라면서. 그럼 모두를 위한 일이지.”

그녀는 화수의 어깨를 두드리며 말했다.

“부담을 버려. 그렇지 않으면 언제까지 불편하게 이 마을에 머물러야 할 거야.”

"후우, 그럴 수는 없지."

화수는 그제야 조금 편안해진 마음으로 포크를 들었다.

거대한 살점을 통째로 잘라놓으니 그 풍미가 화수의 입안으로 빠르게 퍼져 나갔다.

"으음, 좋군!"

"어때? 맛있지? 부담을 버리면 사람은 편안해져. 나를 봐. 누구도 신경 쓰지 않으니 얼마나 편해?"

"그래, 그건 그렇군."

지금까지 그녀가 화수에게 꽤 많은 도움을 주었지만 그는 이 사실을 깊이 고마워해 본 적이 없었다.

"고마워. 진심으로."

"뭐가?"

"그냥."

"후후, 싱거운 사람 같으니."

화수가 돼지 통구이를 즐기고 있을 무렵, 한 소녀가 물과 과일을 들고 들어왔다.

"중령님, 이것 좀 드세요. 저희들이 직접 키운 작물이랍니다."

"고마워."

소녀는 호박석으로 만든 팔찌를 하고 있었는데, 줄과 줄을 서로 엮어 중간에 호박석을 꿰어놓은 것 같았다.

단순히 줄과 줄을 엮어서 만들었을 뿐인데 무늬가 아주 화려해 보였다.

"팔찌가 특이하네? 그건 뭐야?"

소녀는 제이나의 질문에 얼굴을 붉혔다.

"…첫사랑을 이뤄준대요. 그래서 차고 다니는 거랍니다."

"아하, 그래?!"

그녀는 소녀에게 조금 더 가까이 다가갔다.

"그걸 만드는 방법을 좀 알려주련?"

"만드는 방법은 어렵지 않아요. 하지만 무늬가 갖는 의미가 있으니 그것만 유의해서 엮으면 된답니다."

"그렇구나. 이따가 내가 찾아갈 테니 자세히 좀 알려줘."

"네, 알겠어요."

화수는 고개를 갸웃거리며 물었다.

"제이나, 팔찌 만들려고?"

"응. 첫사랑을 이뤄준다잖아."

"의외로군. 네가 이런 미신을 믿는 줄은 미처 몰랐어."

"나도 사람이니까. 미신이 이뤄질 것이라고는 믿지 않지만 그래도 혹시나 하는 마음이 들잖아."

지금껏 보아온 제이나의 성격으로 미뤄봤을 때, 이런 미신은 절대로 믿지 않을 것 같았다.

겉으로 드러난 제이나의 모습은 냉철한 사냥꾼, 차가운 도시 여자 등의 다소 냉소적인 모습이기 때문에 화수는 그렇게 생각할 수밖에 없었다.

그는 지금까지 제이나가 자신 앞에서 보여준 인간적인 모습은 잊고 냉소적인 모습만 기억하고 있었다.

화수는 제이나에 대한 편견을 스스로 만들어내고 있었던 것이다.

'무섭군. 내가 이런 생각을 가지고 있었다니 말이야.'

앞으로 그는 생각을 고쳐먹고 그녀를 다시 대해보기로 마음먹었다.

* * *

그날 밤, 제이나가 화수에게 호박석으로 만들어진 팔찌를 건넸다.

"자, 받아."

"네가 만든 거야?"

"응. 처음 만드는 것이라 어설프긴 하지만 그래도 봐줄 만하지?"

실과 실이 엮여 물결 모양의 무늬가 되었고, 그 안에 수많은 상형문자가 섞여 앙상블을 이루었다.

화수는 제이나가 못하는 것이 없는 팔방미인이라는 것은

익히 알고 있었지만 실뜨기에 재주가 있는 줄은 미처 몰랐다.

"총을 잘 쏘니 손재주가 좋을 것이라고 짐작은 했지만 이건 기대 이상인데?"

"후후, 정말?"

"솔직히 조금 놀랐어."

"앞으로는 더 놀랄 일이 많아질 거야."

"놀랄 일이라니?"

"그런 것이 있어."

그녀는 화수의 팔에 자신이 만든 팔찌를 채웠다.

"으음, 꽤 잘 어울리는데?"

"그래, 그런 것 같군."

제이나는 자신의 왼쪽 팔에 화수의 것과 같은 팔찌를 찼다.

"나도 차고 다닐 거야."

"두 개를 만들었어?"

"하나는 도움을 받았지. 이 짧은 시간 안에 어떻게 두 개의 팔찌를 다 만들겠어?"

"으음, 그건 그렇지."

"이로써 나도 첫사랑이 이뤄질 수 있도록 빌 수 있게 되었어."

화수는 갑자기 그녀에게 장난을 치고 싶어졌다.

"만약 내 첫사랑이 정말로 이뤄지면 어쩌려고?"

"……?"

"내 첫사랑이 다른 사람이면 그 사람과 엮일 것 아니야?"

그녀는 대수롭지 않게 말을 받았다.

"그럼 너희 둘 다 죽는 거지, 뭐. 어느 날 대가리에 바람구멍이 나 있으면 깨닫게 되겠지. '아, 내가 잘못했구나' 하고 말이야."

"……."

"큭큭, 걱정하지 마. 농담이야. 좋은 사람 있으면 찾아가."

"사람을 들었다 놓았다 하는군."

"먼저 장난을 건 사람이 누군데?"

화수는 결국 쓸데없는 소리를 했다가 본전도 못 건지게 되었다.

말로 그녀를 이길 수 없다는 것을 깨달은 화수는 농담을 접고 진지한 얘기로 화제를 돌렸다.

"미군의 전술 비행기가 도착하면 너는 다시 부대로 돌아가. 난 야차 중대의 전술 비행기를 타고 곧장 한국으로 떠날 생각이니까."

"그냥 이대로 떠나게? 나는 데리고 가지 않을 거야?"

"함께하면 좋겠지만 작전이 너무 위험해."

"후후, 이 세상에 위험하지 않은 작전도 있던가?"

"그렇긴 하지만……."

"내가 알기론 야차 중대에 객원 수렵 전문가를 상주시킬 수 있는 자리가 있다고 들었어. 실제로 그런 경우도 있었고."

워낙 작전이 많은 야차 중대이기 때문에 사람이 모자라면 외부에서 사람을 끌어다 쓸 수 있는 권한이 있었다.

만약 그녀가 객원 수렵 전문가로 자리를 잡는다면 충분히 상주시킬 수 있을 것이다.

"당신이 거부하면 대령을 찾아가 직접 담판을 지을 거야."

"흐음……."

화수는 그녀를 곁에 두는 것이 잘하는 일인지 판단하기 힘들었지만, 그래도 혼돈과 같은 초대형 몬스터를 수렵하는 데 그녀가 따라온다면 든든할 것이라고 생각하였다.

"그래, 좋아. 네가 함께해 준다면 나야 영광이지."

"오호, 영광이라는 단어도 사용할 줄 알아?"

"…나도 머리가 있는 사람이니까."

그녀는 만족스러운 미소를 지었다.

"좋아, 앞으로 잘 부탁해."

"나야말로."

두 사람은 서로의 손을 맞잡았다.

*　　　*　　　*

다음 날, 야차 중대의 전술 비행기가 아켈라 마을로 날아왔다.

척!

"충성!"

"그래, 충성."

"다친 곳은 없으십니까?"

"나는 괜찮다. 작전은?"

"성공입니다. 지금 놈의 가죽을 벗겨 말리는 중입니다. 밀크 중대에서 포획한 놈은 우리에 갇혀 연구에 동원되었습니다."

"일이 잘 풀려서 다행이군."

제이나는 김예린에게 악수를 건넸다.

"앞으로 잘 부탁해, 김예린 대위."

"뭘 말입니까?"

"야차 중대의 객원 수렵 전문가로 동원되었거든. 아마 꽤 오랜 시간 동안 함께하게 될 것 같아."

"……."

"설마 내가 불편한 것은 아니지?"

"당연히 불편하지요."

"후후, 그래도 어쩔 수 없어. 혼돈과 같은 엄청난 놈은 쉽게 잡을 수 있는 녀석이 아니잖아?"

"뭐, 그건 그렇습니다만……."

"아무튼 잘 부탁해."

"그러지요."

잠시 후, 최지하가 씩씩거리며 달려왔다.

쾅!

"대장! 이게 무슨 귀신 씻나락 까먹는 소리야?!"

"뭐가?"

최지하는 제이나를 손가락으로 가리키며 기차 화통을 삶아 먹은 사람처럼 소리쳤다.

"저 할망구가 우리 객원 수렵 전문가로 들어앉다니! 이게 말이야, 막걸리야?!"

"그렇게 되었어. 우리 중대에도 증원이 좀 필요할 것 같아서 말이지."

제이나는 최지하의 볼을 손으로 스윽 쓰다듬으며 말했다.

"어이, 꼬맹이. 이 언니가 곁에 있으니까 불안해? 너희들 대장을 날름 잡아먹을 것 같아서?"

"…시끄러워, 이 쭈그렁탱이 할망구야!"

두 사람은 역시 만나자마자 싸움을 시작하였고, 화수는 가만히 그 모습을 지켜보고 있었다.

김태하는 화수에게 두 사람의 관계에 대해 물었다.

"저 두 사람은 만나면 싸움이군요. 이럴 것이라면 차라리 안 보면 그만일 텐데요. 두 사람은 무슨 관계입니까?"

"아주 오래전에 최지하 상사가 처음 수렵 부대에 들어왔을 때 제이나 밑에서 일을 배웠어. 말하자면 사수와 부사수의 관계라고나 할까?"

"으음, 따지고 보면 사제지간이군요."

"그렇게 말할 수도 있겠지. 아무튼 두 사람은 그때부터 이미 사이가 별로 안 좋았어. 최지하 상사는 원래 사람의 말을 잘 안 듣는 아웃사이더 기질이 있고 제이나는 의외로 깐깐한 원칙 주의자거든. 그래서 두 사람은 붙어서 서로를 헐뜯기에 바빴지. 하지만 그래도 서로 함께한 정이 있어서 그런지 가끔씩 전화를 주고받으면서 살았나 봐. 그러니 제이나가 이집트까지 따라온 것이겠지."

"최지하 상사는 그녀가 나타난 것이 의외라는 표정이었던데요?"

"그래, 이집트라고 자세히 말해주진 않았겠지. 하지만 제이나는 정보를 습득하는 능력이 탁월해. 힌트 하나만 있어도 내가 어디에 있는지 정도는 알아낼 수 있는 사람이지."

"그렇군요."

"아무튼 저래 보여도 사이가 아주 나쁜 것은 아니야. 그러니 싸우더라도 그냥 그러려니 해."

"예, 대장님."

이로써 최지하는 다시 한 번 제이나와 함께 수렵 활동을 펼치게 되었다.

*　　　*　　　*

며칠 후, 야차 중대가 충남 옥천의 장룡산을 찾았다.

오우거의 심장을 적출하자면 최상의 상태인 몬스터를 찾아야 하는데, 장룡산은 오우거의 등급이 가장 높은 곳으로 유명했다.

화수는 장룡산 계곡 줄기를 타고 이동하다가 물을 확보하러 나온 거대한 오우거와 마주쳤다.

쿠오오오오오!

—대장님, 머리통을 날려 버릴까요?

"아니, 이런 놈은 때려잡아야 심장을 온전히 적출할 수 있다. 이것은 코어를 꺼내는 것과는 또 달라."

대부분의 몬스터가 코어로 살아가는 것과는 달리 장룡산의 오우거는 자연 그대로의 심장을 가지고 있었다.

그러니 머리에 바람구멍을 뚫어서 사냥하는 것보다는 한 방에 기절시켜 적출하는 것이 가장 좋은 방법이 될 것이다.

화수는 중대원들에게 밧줄과 그물망을 준비시켰다.

"놈을 묶자."

"예, 대장님!"

최지하가 그물망이 담긴 총을 잡았고, 제이나가 목덜미에 걸 밧줄을 잡았다. 나머지 대원들은 금속 와이어를 가지고 있다가 두 사람이 오우거를 자빠뜨리면 단단히 고정시킬 것이다.

"한 방에 때려잡자."

"예!"

잠시 후, 제이나의 밧줄이 오우거의 목덜미에 정확하게 걸렸다.

턱!

끄으으으응!

"잡았다! 꼬맹이, 그물망을 던져!"

"오케이!"

최지하는 제이나의 말대로 오우거의 머리끝부터 발끝까지 덮는 그물을 발사하였다.

퍼엉!

그레네이드건에 담긴 원형 그물이 격발되면서 일사불란하게 펼쳐져 오우거를 휘감았다.

휘릭!

"좋아, 명중이다!"

"자, 다들 와이어로 놈을 묶자고!"

"예!"

제이나와 최지하의 콤비플레이로 아주 손쉽게 오우거를 묶은 화수는 놈의 목덜미에 마춰 주사를 찔러 넣었다.

푸욱.

쿠우울.

단 한 방에 곯아떨어진 오우거를 해체하는 것은 제이나와 최지하의 몫이다.

제이나는 전투용 대거로 오우거의 왼쪽 가슴 표피를 도려낸 후 툭 불거져 나온 가슴뼈를 망치로 두들겼다.

퍽퍽퍽!

사방으로 녹색 피가 튀어 오르고 있었지만 그녀는 아랑곳하지 않는다.

"40㎝ 대검."

"여기."

제이나가 마치 집도의처럼 원하는 크기의 칼을 부르면 최지하는 그에 따라서 장비를 가져다 주는 역할을 했다.

서걱, 서걱!

심장 부근의 뼈와 살을 모두 발라낸 제이나는 마지막으로 심장에 붙어 있는 대동맥과 정맥 등을 잘라내어 적출을 마무리하였다.

"아이스박스."

"오케이."

최지하가 거대한 크기의 아이스박스를 열어 그 안에 유리 케이스를 덧대어놓기 좋은 위치를 잡아주었다.

이번에도 두 사람이 손발을 맞추니 꽤나 까다로울 것으로 보이던 심장 적출이 간단하게 마무리되었다.

화수는 심장을 궤도차량에 싣고 작전을 마무리하였다.

"수고들 많았다. 이것으로 오우거 심장 적출 작전을 마무리하도록 하지."

"오우거의 피나 힘줄은 어떻게 합니까?"

"5분 후에 영업부에서 나와 마무리하기로 했다. 우리는 이제 짐을 챙겨서 그들이 올 때까지 기다리기만 하면 된다."

"예, 알겠습니다."

사체를 정밀 분해하는 것은 전문가가 아니면 불가능한 일이기 때문에 화수는 지성준 등에게 뒤를 맡기고 돌아갈 생각이다.

화수는 제이나, 최지하 콤비에게 칭찬을 아끼지 않았다.

"아직 안 죽었군. 역시 사수와 부사수는 함께해야 진가를 발휘하는 것인가?"

"흥, 누가 콤비야? 이런 쭈그렁탱이 할망구가."

"애송이가 아직 서툴러. 교육을 조금 더 시켜야 할 것 같더군. 이봐, 꼬맹이. 오랜만에 얼차려 좀 받아볼까?"

"…시끄러워."

김태하는 이제야 두 사람이 그리 나쁜 사이가 아니라는 것을 깨달았다.

"대장님의 말씀이 맞는군요. 두 사람은 사이가 좋아요."

"내가 뭐라고 했나? 그리 나쁜 사이가 아니라고 했지?"

여전히 으르렁거리고 있는 두 사람이지만 어쩐지 악의가 있어 보이지는 않았다.

"자, 가자!"

"예, 대장님."

저 멀리 영업부의 차량이 보이자 화수는 자리를 정리하고 대전으로 향했다.

제7장
연막작전

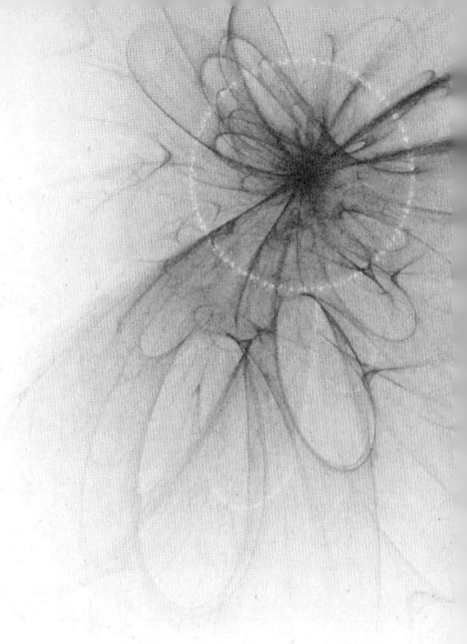

중국 베이징 군관구에서 발생한 혼돈의 창궐이 베이징, 장자커우를 지나 내몽골 자치구까지 뻗어 나갔다.

전문가들은 혼돈의 노림수가 인간들의 터전을 파괴하려는 것이 아니라 괴물의 숲, 혹은 S—11과 결합하거나 그것을 파괴하려는 것 같다고 의견을 모았다.

지금까지 혼돈이 지나간 자리에는 그 어떤 피해도 나타나지 않았으며 인명 피해를 입거나 도시가 파괴되는 일은 단 한 번도 일어나지 않았다.

열흘이 지난 시점에서 초대형 몬스터가 파괴 행위를 하지 않은 것은 몬스터 창궐 이래 처음 있는 일이었다.

이제 여론은 혼돈이 S—11을 파괴하고 세상을 지킬 구세주가 아니냐는 의견을 내어놓기까지 했다.

그러나 아직까지도 중국 정부는 혼돈이 돌연 기수를 틀어 수도 베이징을 칠 수도 있다는 불안감 때문에 병력을 대거 동원하고 있었다.

팽덕춘 상장은 군구에 주둔하고 있던 50만의 병력 중에서 절반을 특공대로 구성하여 혼돈의 이동 경로를 뒤따르는 중이었다.

크룩, 크룩.

키헥, 키헥!

엄청난 숫자의 몬스터가 운집하여 후끈후끈한 열기가 5㎞ 밖까지 영향을 미칠 정도이다.

팽덕춘은 열상 장비로 적들을 바라보며 혀를 내둘렀다.

"전면전을 위하여 원정을 떠나는 군대를 보는 것 같군. 분위기가 상당히 엄숙한데?"

"강화수 중령의 말에 따르자면 이제 곧 몽고의 수도를 지나서 곧장 중앙 시베리아로 들어갈 것이랍니다. 그것은 괴물의 숲과 전면전을 벌이겠다는 뜻 아니겠습니까?"

"흠, 그럴 수도 있겠지만 그들과 세력을 합쳐서 S—11을 타격할 수도 있지 않겠어? 반대로 세력을 규합하여 그곳에 자리를 잡아버리려는 것일 수도 있고."

아직까지 혼돈에 대해서 수많은 의견이 오가고 있었지만 정설로 굳어진 것은 아무것도 없었다.

혼돈이 지금까지 죽인 사람은 백리협에 파견되었던 조사단이 전부이기 때문에 100% 적으로 확신을 하기도 힘든 상황이었다.

전술 차량에 탑승하여 적의 후방을 관찰하던 팽덕춘은 불현듯 놈들이 행렬을 멈춘 것을 포착하였다.

"놈들이 섰다."

"저기서 무엇을 하려는 것일까요?"

"그야 모르지."

가만히 거대한 혼돈의 모습을 지켜보던 팽덕춘은 순간 자신의 눈을 의심하였다.

스스스스스스스!

혼돈의 몸이 엄청난 양의 식양으로 탈바꿈하더니 이내 주변의 모래를 빨아들여 세력을 확장시키기 시작한 것이다.

이제 혼돈의 몸집은 그 크기를 가늠할 수 없을 정도로 비대해졌으며 모래로 해일을 일으킬 수 있을 정도가 되어버렸다.

거의 지평선을 가득 채운 식양들은 일제히 그 모습을 바꾸어 몬스터들을 실어 나를 수 있을 정도의 차량으로 변신하였다.

부릉, 부르르릉!

"인원 수송 차량?!"

"저놈들, 아무래도 지금까지 이곳으로 오면서 인간들의 문물을 보고 그것을 그대로 스캔하는 데 시간을 소모한 모양입니다."

"그렇다면 저 모래로 무기를 만들어 반격한다고 해도 전혀 이상할 것이 없다는 소리군."

"그렇습니다."

지금까지 혼돈이 차근차근 병력을 꾸준히 움직인 것은 이곳에서 식양의 세력을 불리고 러시아를 가로지를 생각이었기 때문이다.

팽덕춘은 놈이 인간의 문물을 흡수하는 것을 보곤 경악을 금치 못하였다.

"…이대론 저놈이 무슨 짓을 할지 몰라."

"혹시 폭탄의 위력도 그대로 재현할 수 있을까요?"

"만약 그렇다면 제2 차르봄바가 위험하다!"

아직까지 러시아에 있는 제2 차르봄바가 만약 식양에 의해 복제된다면 인류는 멸망을 면치 못할 것이다.

"지금 당장 중앙정부에 연락해서 몬스터 전문가들을 소집해야 한다고 전해! 아무래도 놈이 노리는 것은 따로 있는 모양이다!"

"예, 알겠습니다!"

팽덕춘의 참모들이 재빨리 움직이기 시작하였다.

*　　　*　　　*

같은 시각, 제2 차르봄바는 리투아니아에서 러시아 모스크바로 이동하는 중이다.

원래 차르봄바의 무게는 27톤, 길이는 8미터, 지름은 2미터였는데, 이것이 한차례 개량이 되면서 무게가 15톤으로 줄어들었다.

만약 애초에 S—11을 타격하고자 마음먹었다면 수소폭탄은 전혀 새로운 형태로 변형되어 사용되었을지도 모른다.

이론상이지만 현재 과학자들은 몬스터 코어를 무기화시킨다면 수소폭탄과는 비교도 할 수 없는 엄청난 위력을 낼 것으로 예상하고 있었다.

5급 이상의 몬스터가 가진 코어는 그 순수한 에너지만으로도 한 동네의 주민들이 평생 에너지 걱정 없이 살 수 있을 정도로 방대하였다. 그러니 이것을 무기화시킨다면 과연 얼마나 강력한 무기가 탄생할지 아무도 상상할 수 없을 것이다.

하지만 원래 몬스터의 시신에서는 상당한 양의 유사 방사선이 피폭되어 나왔기 때문에 이것을 무기로 사용했다간 무슨 재앙이 일어날지는 예측이 불가능했다.

위와 같은 이유 이외에도 전 세계 핵무기 금지 조약 등에 의거하여 실험이 진행되지는 않고 있었지만 만약 마음먹고 제대로 진행했다면 지금과 같은 구식 수소폭탄을 사용하는 일은 벌어지지 않았을 것이다.

일이야 어찌 되었든 간에 러시아는 이제 몬스터 수렵 사상 최대의 성과를 올릴 수 있다는 꿈에 부풀어 있었다.

이것으로 국제 수렵계에 미치는 러시아의 입김은 한국을 넘어서 동북아시아 최고로 급부상 할 수 있을 것이라는 기대감이 러시아 전역을 물들이고 있었다.

"와아아아아!"

"적을 쳐부수어라!"

러시아의 시민들은 리투아니아에서 온 수소폭탄이 지나가는 길목에 서서 국기를 흔들며 환호성을 내지르고 있었다.

원래는 비공식 작전으로 수소폭탄을 운반하려고 하였으나 워낙 환경 단체의 반대가 심했기에 러시아 정부는 일단 민심부터 뒤흔들기로 한 것이다.

정부는 지금까지 러시아가 개런티로 쏟아부은 돈과 국민의 목숨이 희생된 것을 들어 국민의 애국심을 자극하였다.

덕분에 자국의 프라이드가 특히 강한 러시아 국민들은 제2 차르봄바의 입성을 쌍수를 들고 환영하였다.

이로써 러시아 내부의 여론은 몬스터를 정밀 타격하여 인류의 안녕에 기여한다는 것에 자부심을 갖게 되었다.

이런 러시아의 전경을 바라보며 미소를 짓는 사내가 있다.

"후후, 좋군."

"이쯤 되면 계획이 꽤 잘 풀린 것이라 볼 수 있지 않겠습니까?"

"그래, 이 정도면 괜찮은 편이지."

카미엘 스토니필드는 카린 엑트리나에게 물었다.

"놈은 지금 어디쯤 오고 있다고 하는가?"

"이제 곧 시베리아로 들어올 것으로 보입니다. 대략 일주일이면 모스크바에 입성하게 될 겁니다."

"좋아."

지금 제2 차르봄바는 모스크바에서 일련의 개량을 거치고 있는데, 기폭 장치를 몬스터 코어로 대체할 수 있는지에 대한 실험이 진행 중이었다.

만약 기폭 장치를 대체할 수 있다면 수소폭탄이 터진다고 해도 방사능 유출이 없기 때문에 비교적 리스크를 줄일 수 있을 것이다.

하지만 만약 실험이 실패하게 되면 제2 차르봄바 원형을 그대로 투하하여 S-11을 타격할 수밖에 없다.

카미엘 스토니필드는 양쪽 모두 어떻게 되든 큰 상관이 없다는 입장이다.

"러시아 정부가 미끼를 꽤 쉽게 물었군."

"아직까지 러시아는 제국주의에 대한 꿈을 못 접은 모양입니다."

"뭐, 그거야 어느 나라든 다 똑같은 것 아닌가?"

그는 자리를 옮기기로 했다.

"가자. 두 꼰대가 모여 있는 곳으로 가봐야지."

"예, 알겠습니다."

카미엘과 카린은 블라디보스토크로 향했다.

* * *

오우거의 심장까지 안전하게 적출한 화수는 아스타로스를 찾아갔다.

아스타로스는 자신의 드래곤 하트 안에 있는 아공간에서 작은 상자 하나를 꺼내어 화수에게 건넸다.

—받게.

"이게 뭡니까?"

—몇 가지 물건을 집어넣으면 새로운 물건을 만들어주는 상자라네.

"이것으로 마정석을 만든다고요?"

―버튼 하나만 누르면 새로운 물건이 만들어지는 상자야. 편리하지?

화수는 그가 건넨 상자 안에 세 가지 물건을 모두 넣고 뚜껑을 닫았다.

철컥!

―이제 상자 입구에 달린 열쇠 모양의 버튼을 눌러주게.

"예, 알겠습니다."

딸깍!

화수가 버튼을 누르자 상자 안에서 엄청난 양의 열기가 뿜어져 나오기 시작하였다.

뿌우우우우!

마치 증기기관이 수증기를 내뿜듯 사정없이 열기를 내뿜어 주변이 순식간에 뜨거워졌다.

"이것이 바로……."

―마법이란 사람을 이롭게 만들 수도 있고 타락시킬 수도 있는 수단일세. 신이 지구에게 과학이라는 선물이자 저주를 내렸다면 루야나드에겐 마법을 내려주었지.

"그렇군요."

잠시 후, 뚜껑이 열리면서 분홍색 연기가 스멀스멀 피어오르기 시작했다.

"킁킁, 냄새가 좀……."

—당연히 이상하지. 몬스터의 심장과 가죽을 섞은 것인데 냄새가 좋을 리가 있나?

"하긴, 그건 그렇군요."

화수는 상자에서 노란색 마정석을 꺼냈다.

스르르르릉!

지독한 냄새와는 다르게도 마정석은 아주 영롱하고 신비로운 빛을 내뿜고 있었다.

아무것도 모르는 화수가 보기에도 마정석은 보통 물건이 아닌 것 같았다.

—자, 이제 이것에 나의 마법을 불어넣겠네.

아스타로스는 마정석에 라이트닝 쇼크웨이브의 마법을 부여하였다.

빠지지지지직, 콰앙!

엄청난 뇌전이 아스타로스의 손에서 피어나더니 이내 거대한 스파크의 소용돌이를 만들어냈다.

화수는 만약 이것이 도시를 덮친다면 상상도 할 수 없을 정도의 재앙이 일어날 것이라고 직감했다.

'마법은 위험한 도구다. 그래, 왜 이것이 축복이자 저주라고 하는지 알겠군.'

마법은 세대를 거듭할수록 발전할 테니 이것이 만약 한 세대만 더 거듭하게 되면 지구를 날려먹는 것쯤은 식은 죽 먹기일 것이다.

잠시 후, 이 엄청난 마법이 사람 머리만 한 마정석으로 모조리 흡수되었다.

슈가가가각, 팟!

—됐네. 이제 이것을 적절한 시간에 터뜨릴 수 있는 수단을 고안해 보게.

"으음, 놈이 포탄을 그대로 맞을 리도 없고……."

—시간이 별로 없어. 엘프족과 충분히 상의해 보고 좋은 방법을 찾아내게. 그것만이 유일한 길이야.

"예, 잘 알겠습니다."

화수는 그에게 꾸벅 고개를 숙였다.

"도움을 주셔서 감사합니다."

—아닐세. 이건 자네와 우리 모두를 위한 길이야. 이번 사태가 조금 진정되고 나면 드래곤 로드를 한번 만나보게. 그와 함께 차원의 틈을 막을 수단에 대해서 함께 논의해 보자고.

"네, 알겠습니다."

이제 화수는 이것을 어떻게 놈의 머리에 박아 넣을지 고민해 보기로 했다.

*　　*　　*

라이트닝 쇼크웨이브가 인첸트 된 마정석을 루야나드의 마을로 가지고 간 화수는 그들에게 조언을 구했다.

족장 니켈렌은 가장 손쉬운 방법으로 정령 마법을 들었다.

"정령 마법은 놈의 마력을 뚫을 수 있는 가장 좋은 방법입니다. 다만 잘못하여 마법이 실패하면 작전 자체가 실패로 돌아갈 수 있다는 것이 문제지요."

"흠……."

"하지만 그렇다고 우리에게도 보험이 아주 없는 것은 아닙니다."

"보험이라?"

"우리와 어울려 사는 정령 중에서 엔트들은 힘이 아주 강력합니다. 그 힘은 정령력에서 나오는 것인데, 이들이 투창을 하면 지상에서 성층권을 넘어갈 겁니다."

"흐음? 그렇게 엄청난 힘이……."

"만약 그 힘에 위치에너지까지 더해진다면 저격이 실패할 리 없을 것입니다."

화수는 니켈렌의 입에서 지구의 지식이 쏟아져 나오자 고개를 갸웃거렸다.

"그나저나 지구의 과학 개념을 많이 숙지하신 모양입니다. 대화를 하는 내내 지구인과 말을 섞는 줄 알았습니다."

"하하, 나탈리아 박사께서 이런 물건을 주신 덕분이죠."

그는 태블릿PC를 보여주며 말했다.

"요즘은 오지에도 무선 인터넷을 설치해 주더군요. 덕분에 우리 마을에도 와이파이가 터집니다."

"와, 와이파이라?"

화수가 고개를 돌려 마을을 둘러보니 저마다 하나씩 핸드폰을 가지고 돌아다니며 인터넷을 즐기고 있었다.

숲의 요정들이 핸드폰을 만지작거리는 모습이란 아주 신선하면서도 재미있는 광경이었다.

"그래요, 지식의 홍수는 어떤 면에서 보든 좋은 것이지요."

"괜찮다면 저와 메신저 친구를 하시지요."

"아아, 그럴까요?"

이종족에게 메신저 친구 신청을 다 받다니, 기분이 참으로 묘해지는 화수다.

각자의 인맥을 기반으로 다져지는 메신저에 니켈렌을 추가하고 나니 엄청난 숫자의 추천 친구가 메신저 창을 가득 채웠다.

"모든 종족이 이 메신저를 사용하는 모양이군요?"

"예, 그렇습니다."

마을의 모든 사람과 친구를 맺고 난 후 화수는 계속해서 엔트의 투창 실력에 대해서 얘기를 이어나갔다.

"아무튼 엔트의 투장에 대해 얘기하자면 성층권으로의 진입이 가능해지는 조건에 대해 생각하지 않을 수 없습니다."

"으음, 그건 그렇지요. 제아무리 거대한 익룡이라고 해도 성층권까지 올라가긴 쉽지 않을 테니까요."

"그렇다면 엔트를 싣고 날아갈 수 있는 비행기가 필요하겠군요."

"이왕이면 레이더에 잡히지 않는 스텔스로 말이죠."

"스텔스요?"

니켈렌은 혼돈이 이 땅에 온 것은 누군가의 조력 때문이라고 생각했다.

"만약 인간이 놈을 이곳까지 끌어들인 것이라면 대공포를 쏴도 이상할 것이 없습니다."

"흠……."

"제 생각엔 이번 사건으로 인해 그 첩자가 잡힐 것으로 보입니다. 언제까지 놈들의 뒤에 숨어서 살아갈 수는 없을 테니까요."

"그래요, 저도 어렴풋이 그런 생각은 하고 있었습니다. 만약 인간이 놈들과 내통하고 있다면 그 첩자를 반드시 잡아야겠군요."

"그것이 바로 지구를 살리는 길입니다."

이제 화수는 야차 중대와 함께 이 작전을 상의하기로 했다.

"조력자들을 데리고 오겠습니다."

"그렇게 하시죠."

화수는 자운대로 향했다.

*　　*　　*

야차 중대가 움직이는 데 투입되는 인원은 중대원들을 빼고도 총 열 명이나 된다.

가장 먼저 비행기를 띄우는 데 각 지역의 협조를 구하는 광역 관제탑의 대원 두 명, 후방 보급소에서 지원을 보내주는 지원 병력 네 명, 거기다 작전지역의 정보 등을 본대로 송출해주는 캐스터 두 명, 끝으로 각 작전의 기술자문을 알아봐 주는 기술정보원 두 명이다.

화수는 중대원들과 야차 중대 관련자 모두를 모아놓고 작전에 대해 상의하였다.

일찌감치 화수의 얘기를 들은 관계자들은 자신들이 나름대로 알아본 정보에 대해 설명하였다.

가장 먼저 입을 연 사람은 기술정보원 최시연 박사였다.

그녀는 미국 항공우주국에서 근무하다가 대한민국 육군으로 편입된 케이스인데, 화수의 기술자문을 해주고 있었다.

최시연은 야차 중대와 혼돈의 전투 영상이 녹화된 블랙박스를 통하여 놈의 공격 패턴을 분석하고 취약점을 찾아냈다.

그녀는 프로젝터에 놈의 공격 장면이 찍힌 사진을 올려놓으며 말했다.

"이것은 놈이 의문의 충격파를 송출하는 장면입니다. 보면 아시겠지만 아주 희미하게 공간의 왜곡 현상이 벌어집니다. 아무래도 이것이 바로 중령님께서 말씀하신 보호막의 실체가 아닐까 싶습니다."

"공간의 왜곡 현상이 벌어진 것은 보호막이 조금 열리면서 생겨난 것일까요?"

"그럴 가능성이 아주 높습니다. 만약 그것도 아니라면 저놈은 어디선가 충격파를 소환하고 있을 가능성도 있습니다. 아주 드문 경우지만 몬스터 중에선 공간 이동 마법을 사용하는 경우가 종종 있습니다. 저놈도 그런 능력을 가지고 있을 확률이 없지는 않지요."

"그렇다면 제가 말씀드린 조건에서 저놈을 요격하자면 무엇이 필요하겠습니까?"

최시연은 화수에게 두 가지 루트를 쥐어주었다.

"우선 저놈을 저격하는 루트를 총 두 개로 나누어보았습니다. 하나는 지상에서, 다른 하나는 공중에서입니다."

"지상에서 놈을 저격한다……."

"아까 말씀하신 그 투창을 하는 나무에 대해선 제가 아는 정보가 없어서 뭐라 드릴 말씀은 없습니다만, 꼭 투창을 해야 한다면 투창에 일정의 장치를 해두는 것은 어떨까요?"

"장치라면 어떤 것을 말씀하시는 것인지요?"

"추진력은 충분하다. 그런데 적의 시선은 무기를 향해선 안 된다. 그렇다면 곡사포 형식으로 쏘는 것이 가장 현명합니다."

"곡사포라면 포의 사각을 이용한 타격 말씀이십니까?"

"네, 그렇습니다. 거대한 나무의 힘이 언제까지 무기에 남아서 방어막을 뚫을 수 있는지는 알 수 없습니다만, 비행시간을 최대한 단축하고 오차 범위를 줄이자면 지대지미사일을 대입하는 방법이 가장 좋을 겁니다."

"아아, 그러니까 투창 자체를 지대지미사일로 제작하자는 말씀이시군요."

"기존의 미사일을 개조하는 것은 그리 힘든 일이 아닙니다. 구조만 제대로 알고 있으면 분해해서 다시 결합하는 것만 해주면 되거든요."

"그렇군요."

엔트의 투창은 충분히 위력적이지만 그것만으론 혼돈의 방어막을 온전히 뚫을 수가 없을 것이다. 해서 최시연은 지대지미사일을 개량하여 사용하자는 의견을 낸 것이다.

"만약 지대지미사일이 먹히지 않을 경우, 하늘에서 떨어뜨리는 방법이 있습니다."

"하지만 그 엄청난 크기의 창을 투척할 수 있는 방법이 과연 있겠습니까?"

"아주 없지는 않아요. 만약 역추진이 가능한 비행기에 투척수를 태워 투창한다면 비행기가 뒤집어지지 않고 투창을 할 수 있습니다. 물론 투창수가 비행기에서 뛰어내리면서 던져야 하기 때문에 꽤 많은 제약이 따르겠지요."

"그렇다면 가장 현실적인 방법은 1번이고 2번은 차선책이 되겠군요."

"그렇긴 한데, 2번 방법이 위력 증강 면에서 본다면 더 바람직하다고 볼 수 있어요. 다만 안정적이지 못하다는 것이 문제이겠지요."

"흠……."

"선택은 중령님께서 하십시오. 우리는 서포트를 하는 입장이지 작전을 펴는 사람은 아니니까요."

화수는 작전 상황을 중개해 주는 캐스터 박영란 중위에게 물었다.

"박영란 중위, 지금 혼돈은 어디까지 진군한 상태인가?"

"고비사막을 넘어 카자흐스탄에 닿아 있답니다."

"진군 속도가 왜 이렇게 빨라진 것이지?"

"듣기론 식양이 인간의 첨단 정보를 흡수하여 똑같은 형상으로 빚어낸답니다."

“자동차를 복제한 것이군.”

“예, 그렇습니다. 때에 따라선 기차를 복제하기도 한답니다.”

“그렇다면 인간의 무기를 복제하는 것도 무리는 아니겠군.”

“이론적으로 본다면 그렇습니다.”

화수는 작전 상황판에 놈의 경로를 연필로 표시해 보았다.

“…애초에 숲은 관심에도 없던 모양이군. 그렇다고 작전지역 S—11이 목표도 아니야. 만약 북극해가 목표였다면 몽고에서 서진을 멈추고 북으로 올라가야 옳아.”

“아무래도 놈이 노리는 것은 따로 있는 것 같습니다.”

그는 가만히 상황판을 바라보다가 불현듯 한 구역을 뇌리에 떠올렸다.

“이 경로는 모스크바에 가장 가깝다.”

“모스크바요?”

“경로로 보자면 이곳이 가장 빨라. 도로도 뚫려 있고 말이야.”

“그렇다면……?!”

“수소폭탄이다. 놈은 수소폭탄을 복제하려는 것이 확실해.”

“허, 허어!”

만약 수소폭탄이 놈의 손에 복제된다면 지구는 단 일격에 붕괴하고 말 것이다.

“시간이 없다. 어서 놈을 처치하지 않으면 인명 피해가 수도 없을 거야."

이제 화수는 공중 작전을 펼칠지 지상 작전을 펼칠지 결정을 내려야 할 상황에 놓였다.

머릿속으로 수많은 생각을 교차하던 화수는 결단을 내렸다.

"공중 작전을 펼칩시다."

"가능하겠어요?"

"내게 생각이 있습니다."

화수는 상황판에 자신이 생각한 작전 개요도를 그려나가기 시작했다.

* * *

전라북도 군산과 익산의 경계에 있는 만경강 유역에 낚시꾼들이 줄을 서 있다.

이곳은 아는 사람은 다 아는 포인트로서, 대략 4년 전에 몬스터 수렵을 끝낸 청정 지역이다.

원래 이곳은 외래종인 배스가 잠식하여 생태계를 혼란에 빠뜨렸지만, 공격성이 강한 배스는 몬스터들에게 아주 좋은 먹이가 되었다.

때문에 몬스터 창궐 이후로 배스가 멸종되었고, 그 자리에 한국의 토종 물고기들이 자리를 잡게 된 것이다.

몬스터 때문에 사라진 만경강의 생태계가 활력을 되찾은 것이다.

휘릭!

낚시 의자에 앉아 한가롭게 낚싯대를 드리우고 있던 한 노인에게 긴 생머리의 여인이 찾아왔다.

"어르신, 부르셨습니까?"

"그래, 왔는가?"

노인이 고개를 들어 여인을 바라보는데, 노인과 여인 모두 한국 사람이 아니었다.

요즘 한국에 외국인이 돌아다니는 것이 그리 드문 일은 아니었지만 만경강까지 와서 낚시를 하는 사람은 많지 않았다.

노인은 그녀에게 손을 내밀었다.

"말했던 물건은?"

"여기 있습니다."

그녀가 건넨 것은 두꺼운 서류 뭉치였는데, 그 앞에 '백제은행'이라는 글귀가 적혀 있다.

서류를 받은 노인은 내용을 차근차근 읽어나가기 시작하였다.

"내실이 꽤 튼튼해졌군."

"한국의 코어 산업이 활기를 찾았으니 오래도록 침체되었던

경기가 슬슬 되살아나기 시작한 것이지요."

"우리가 매입한다면 언제가 좋겠나?"

"지금이 적기입니다. 앞으로 최소 3개월 내로 공격해야 승산이 있습니다. 그 이후엔 어찌해 볼 도리가 없을지도 모릅니다."

노인은 서류를 다시 그녀에게 되돌려주며 말했다.

"백제 은행을 타격하면 나머지 계열사들은 알아서 흔들릴 걸세. 어차피 금융 위기에 맞물려 문어발식으로 확장한 모래성이 아닌가?"

"예, 알겠습니다."

"은행이 흔들려 팔다리를 잘라내면 우리는 그것들을 주워 먹고 추후에 몸통을 후려치면 된다."

"하지만 어르신, 문제가 하나 있지 않습니까?"

"…러시아 코쟁이들 말인가?"

"놈들이 과연 가만히 있겠습니까?"

"셰콜린스… 그래, 그놈들을 생각하지 못했군."

"잘못하면 역공을 당해서 사태가 더 커질 수도 있습니다."

"그렇다면 놈들이 역공을 가할 기회를 주지 않으면 되겠군."

"그게 무슨 말씀이신지……."

"놈들이 지분을 매각하도록 만들어. 그러면 우리가 놈들의 주식을 가로챌 수 있지 않겠나?"

"그렇긴 합니다만, 놈들이 지분을 순순히 내놓겠습니까?"

"그렇게 하도록 만들어야지. 그게 자네들의 일이 아닌가?"

여인은 깊이 고개를 숙였다.

"지혜를 주셔서 감사합니다. 명령을 수행하겠습니다."

"그래, 작전을 잘 짜서 한탕 크게 해보시게. 내가 그에 합당한 상을 내릴 걸세."

"감사합니다! 최선을 다하겠습니다!"

노인은 그녀에게 웃으며 말했다.

"허허, 자네의 그 기개 넘치는 모습은 마치 사내대장부를 보는 것 같아. 아니, 요즘의 비실비실한 멸치들보다야 자네가 백배 낫지."

"말씀 감사합니다."

두 사람이 대화를 거의 다 마쳤을 때 낚싯대가 아주 크게 흔들리기 시작했다.

부르르르르르!

"왔구나!"

노인은 낚싯대를 재빨리 당겨 물고기를 순식간에 낚아챘다.

띠이이잉!

"이런! 놈의 덩치가 어지간히 큰 모양이군! 여간내기가 아닌 것 같아!"

"축하드립니다."

"그러면 뭐 하나? 저놈을 들어 올릴 수가 없는데."

"제가 도와드리지요."

그녀는 주머니에서 작은 구슬을 꺼내어 물 위로 가볍게 튕겼다.

피융!

아주 부드러운 손길로 튕긴 구슬이 물 위로 날아갈 때엔 맹렬한 기세를 풍겼다.

만약 멀리서 이 광경을 지켜보았다면 총을 쐈다고 난리를 쳤을 것이다.

잠시 후, 그녀의 구슬이 물속으로 들어가 미끼를 문 놈의 머리를 쳤다.

퍼억!

그제야 노인을 괴롭히던 물고기가 수면 위로 축 늘어진 채로 올라왔다.

"어이쿠, 월척이구나!"

"메기인 것 같습니다."

"그래, 수염이 아주 실하군! 이놈, 매운탕을 끓여먹으면 일품이겠어!"

"축하드립니다."

"모두 다 자네의 공일세. 오늘 낚시는 이쯤에서 접고 같이 술이나 한잔하는 것은 어떠한가?"

"그래 주신다면 영광이겠습니다."

"가세. 오늘 잡은 쏘가리와 빠가사리를 넣고 함께 끓이면 아주 괜찮은 작품이 될 거야."

"그렇겠군요."

그녀는 노인의 짐을 대신 챙겨 낚시터를 떠났다.

제8장

화근을 없애다

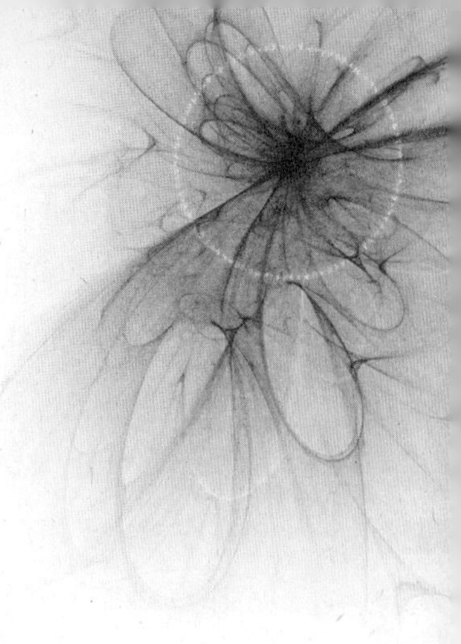

러시아 사라토프 인근 볼가강 유역, 이곳을 따라 설치된 교각 5개에 폭파 작전이 시행될 예정이다.

혼돈의 몬스터 부대가 카자흐스탄을 지나는 데 걸린 시간은 단 3일, 시속 300㎞의 엄청난 속도로 진군하는 몬스터들을 막을 방법은 딱히 마련되지 못하였다.

가뜩이나 수렵 부대의 상주 여부가 거의 전무한 상태의 카자흐스탄은 거의 손을 써보지도 못한 채 국경을 내어주고 말았다.

그나마 중국 정부가 바쁘게 놈들을 추격하고는 있지만 워낙 진군 속도가 빨라서 별다른 손을 쓸 수가 없었다.

러시아 바짐 피터로프 소장은 중국 베이징 군관구와 합동 작전으로 혼돈의 진격을 저지하기로 했다.

자국의 영토가 전장으로 변하는 것은 그다지 달가운 일이 아니지만 만약 놈이 모스크바까지 진군하게 된다면 초대형 참사가 일어날 것은 불을 보듯 뻔한 일이다.

자국 내에 40만의 병력이 들어오는 것이 껄끄럽다고 해도 수백만의 인파가 죽는 것보다는 훨씬 나을 것이다.

바짐 피터로프 소장 예하의 각 사단들은 미리 다리를 폭파시키고 몬스터의 진군을 막아 중국과 양동작전을 펼칠 예정이다.

러시아 제79 포병여단이 폭파될 교각 앞에서 대기 중이다.

—치직!

—여기는 둥지, 독수리 하나 응답 바람.

—여기는 독수리 하나.

—현재 목표물이 20㎞ 전방에 모습을 드러냈다. 공파사를 준비하라.

—입감.

적의 공격이 임박했을 때 포격을 퍼붓는 파괴 사격이 전개된다는 것은 러시아 군이 혼돈의 몬스터 집단을 하나의 군으로 보고 있다는 소리와 같았다.

그들이 이들을 군대로 보는 이유는 그 체계가 인간의 것과 아주 흡사했기 때문이다.

다만 저들이 얼마나 고도의 전략을 구사할지 아무도 알 수 없기에 과연 포병 화력이 얼마나 효과를 발휘할지는 의문이었다.

잠시 후, 79포병여단의 관측소가 적의 공격 거점으로 보이는 곳을 관측해 냈다.

—현재 전방 15㎞ 앞에 위치한 바위 지대를 적이 공격 거점으로 삼은 듯하다. 이곳에서 중무장이 이뤄지고 있다.

—적의 규모는?

—대략 1만쯤 되는 것 같다.

—1만?

79포병연대의 참모진은 무전을 듣고 고개를 갸웃거렸다.

“이상하군. 적의 병력은 최소 3만 이상이라고 하지 않았는가?”

“맞습니다. 지금은 그 규모가 훨씬 더 커졌으리라 예상하고 있습니다.”

“한데 1만밖에 병력이 없다는 것은 도대체 무슨…….”

잠시 후, 무전으로 관측병의 다급한 목소리가 날아들었다.

—치익, 여기는 9OP, 현재 전방의 수풀 지대로 자주포의 포신이 보인다!

"뭐, 뭐라?!"

—잠깐, 적이 사격을 준비하는 것 같아!

순간, 참모진의 눈동자가 서서히 커지기 시작했다.

"사, 사격?"

—여기는 7OP, 적의 전차가 수풀 지대를 뚫고 진격해 온다!

"세, 세상……!"

혼돈은 지금까지 고비사막을 횡단하며 차근차근 세력을 불리고 인간들의 무기를 그대로 복제하는 행동을 반복해 왔다.

이제 놈이 만들지 못하는 장비는 존재하지 않게 되었다.

—여기는 6OP, 적의 비행 부대가 출현하였다!

"비, 비행 부대?!"

—SU—27이 50기, T—50이 5기다!

참모들의 표정이 사정없이 일그러졌다.

"그, 그럴 리가 있나?! 아직까지 T—50은 양산에 들어가지도 않았는데?! 어이, OP! 지금 우리와 장난하자는 건가?!"

—사, 사실입니다! 심지어 2OP에선 T—95전차도 보입니다!

러시아 참모부는 이 사실을 믿을 수가 없었다.

"도대체 뭐가 어떻게 된 거야?"

잠시 후, 예상지도 못한 비행기의 폭격이 시작되었다.

휘유우우웅!

퍼버버버벙!

—여기는 5OP, 적의 폭격이 시작되었다! 대공포대는 즉각적인 사격 대응 바람!

—여기는 대공포대, 작전지역까지 가려면 최소한 10분 이상 걸린다.

—10분, 10분이면 전방은 초토화된다!

현재의 작전은 야포나 자주포, 전차 등이 주력이었기 때문에 전투기를 잡을 수 있는 대공포나 지대공미사일이 전무한 상태였다.

만약 지금 이대로 조금만 더 시간이 지난다면 러시아 포병연대는 궤멸하고 말 것이다.

바로 그때, 후방에서 러시아의 공격 헬기인 MI—28 다섯 대가 날아들었다.

—여기는 헬기편대, 지원이 필요하다고 들었다.

—…폭격기가 설치고 있다. 지원이 가능하겠나?

전투 헬기 역시 충분한 무장력을 가진 세력인 것은 분명했다. 하지만 헬기와 전투기의 싸움은 애초에 다윗과 골리앗의 싸움이다.

헬기 조종사의 조종 능력과 산악 지역 등을 이용한 지능적 전투가 이뤄진다면 전투기를 잡을 수도 있겠지만 그것은 그저 로망에 불과했다.

—헬기편대, 일단 공중 방어에 치중하겠다. 그 안에 대공포

대가 도착한다면 우리 모두 살 수 있을 것이다.

—알겠다.

도대체 어디서 날아온 것인지도 모를 전투기들은 상당히 능동적으로 공격 대형을 갖추어나갔다.

헬기편대는 하는 수 없이 대공 레이더를 돌려 적의 미사일만 방어하는 방식을 택할 수밖에 없었다.

휘이이이잉!

—적이 고공비행을 하는 것 같다. 아무래도 레이더론 무리가 있을 것 같군.

—편대, 끝까지 자리를 고수한다.

—…현 위치를 고수하겠다.

거의 자살에 가까운 그들의 저공비행대의 머리 위로 미사일이 일자로 떨어져 내렸다.

슈웅.

—어, 어어…….

—미사일이다!

헬기의 운용 속도는 전투기에 비할 바가 못 되기 때문에 미사일이 떨어질 때까지 기다렸다가 사격하는 것은 상당히 위험한 일이다.

하지만 숙련된 조종사는 그것을 간신히 해냈다.

—플레어 전개!

탕탕탕탕!

저공비행을 펼치던 공격 헬기는 미사일 방어탄(플레어)을 장막처럼 떨어뜨리며 기수를 급선회하여 아름드리나무 옆을 스치듯 지나갔다.

그러자 공대공미사일이 나무를 들이받으며 허무하게 폭발하고 말았다.

콰앙!

—하나 잡았다.

—쾌거군. 나머지 발사체들은 어디로 간 것이지?

공대공미사일이 떨어져 내렸다는 것은 단발로 끝날 사격이 아니었다는 소리다.

하지만 그들의 예상은 아주 보기 좋기 빗나가고 말았다.

삐비비비비빅!

—지대공미사일이다!

—아뿔싸!

—플레어를 전개하고…….

—이런 빌어먹을! 미사일 뒤로 무반동총이다!

슈우우웅!

적은 헬기를 속이기 위해 공대공미사일을 발사하였다가 그 시간차로 지대공미사일과 무반동총을 동시에 쏜 것이다.

—제기랄!

콰앙!

—치이이이익.

—여기는 중앙OP, 헬기편대가 추락했다! 반복한다!

참모부는 넋을 놓고 말았다.

"…저놈들, 도대체 정체가 뭐야?"

"후퇴해야 합니다! 이대로 가만히 있다간 우리 모두 다 죽고 말 겁니다!"

"하지만 우리가 후퇴하면 수도 모스크바가 털릴 것이다! 차라리 우리가 죽는 편이 낫다!"

"참모장님!"

잠시 후, 포병연대 참모부 머리 위로 요란한 비행기 엔진 소리가 들렸다.

휘이이이이잉!

"어, 어어……."

"전투기가 저공비행을 하면서 날아온답니다! 어서 피하십시오!"

"이런 젠장!"

적의 전투기는 대공화망이 없는 포병연대의 참모부 막사 위로 대놓고 날아와 기관총을 발사하였다.

두두두두두두!

"커허어억!"

전투기의 중기관총이 불을 내뿜자 막사는 거의 형태를 알아볼 수 없을 정도로 무참하게 산화하고 말았다.

걸레짝이 되어버린 막사 안에선 참모들의 것으로 보이는 피와 살점이 마구 흘러나와 주변을 물들였다.

휘이잉, 쐐에에엥!

전투기는 한차례 폭격을 퍼부은 후 유유히 돌아가 버렸고, 그 뒤를 따라온 대공포대는 시체가 낭자한 참모부를 뒤늦게 발견하였다.

"빌어먹을! 참모부가 당했군!"

ㅡ여기는 중앙OP, 적이 진군하기 시작했다!

대공화망이 구성되긴 했지만 이미 포병병력과 전차부대가 많이 다친 상황이라 적의 대규모 공격이 펼쳐진다면 이곳은 시체 밭이 될 것이 뻔했다.

잠시 후, 러시아 포병 부대의 눈앞으로 자국의 전차와 자주포들이 물밀 듯이 밀고 들어왔다.

퍼엉!

콰과과광!

"크으으윽!"

"고폭탄을 무슨 물 쓰듯 뿌려대는군!"

"여단장님, 여단으로 돌아가는 것이 좋겠습니다!"

참모진 막사에서 떨어져 후방 지휘소 전투 상황실에 들어가 있던 여단장에게 부하들의 의견이 날아들었다.

하지만 그는 끝내 위치를 고수하기로 한다.

"방어 작전 특수본부에서 우리를 이곳에 데려다 놓은 것은 이유가 있기 때문이다. 작전이 실패하면 우리가 죽는 것은 당연한 일이다. 우리가 죽고 더 많은 인명을 살리는 것이 옳다고 생각하지 않나?"

"…알겠습니다."

여단의 후방 지휘소는 약 1분 후 적의 포격에 맞아 흔적도 없이 사라지고 말았다.

*　　*　　*

79포병여단을 포함한 5개의 부대가 궤멸된 후, 러시아 군대는 재빨리 후속 조치로 보병과 해군, 공군을 사라토프로 내려보냈다.

그러나 흩어져 있던 부대가 모두 모이려면 시간이 꽤 오래 걸리기 때문에 족히 이틀이면 수도까지 밀리는 것은 거의 기정사실로 굳어졌다.

러시아 정부는 모스크바에 몰려 있던 환영 행렬을 물리고 전부 지하 방공소로 피신하는 대피령을 선포하였다.

또한 가능하면 도시를 떠나 안전지대로 가도록 권고하고 있었지만 그것은 사실상 불가능해 보였다.

이미 군의 수송 차량과 전술 차량이 도시를 오가고 있었기 때문에 민간인이 나갈 수 있는 구멍은 그리 많지가 않았다.

때문에 일부의 사람들만 후방으로 대피할 수 있었고 나머지는 도시에 갇혀 불안에 떨 수밖에 없었다.

같은 시각, 화수는 전술 비행기를 타고 적에게 접근하는 중이다.

화수는 공군 제2 전투비행단에서 파견된 인원들과 교신하면서 작전을 펼쳐나갔다.

—여기는 너구리, 올빼미 나와라.

"여기는 올빼미."

—작전 준비가 모두 끝났다. 지상의 상황은 어떠한가?

"목표물에 거의 접근한 것 같다. 하지만 본체를 찾는 데 시간이 조금 더 걸릴 것 같다."

—양호, 잘 알겠다.

"투창수의 컨디션은 어떠한가?"

—최상이다. 대체적으로 조용한 편이다.

"다행이군."

화수는 여덟 기의 수송기에 아스팔트 판을 매달고 그 위에서 투창을 하는 방식을 선택하였다.

엔트가 아스팔트 판에 다리를 붙이고 투창을 하는 동시에 비행기의 대열이 전진하면서 장력을 줄여준다면 창이 충분한 힘을 받게 될 것이다.

또한 던지고 난 이후엔 엔트의 등에 매달린 초대형 낙하산이 터지면서 투창수가 아래로 안전하게 떨어질 테니 인명 손실을 걱정할 필요도 없었다.

화수는 공중 작전을 짜놓고 사라토프를 종횡무진하면서 투시 시야를 통하여 소환석이 어디에 붙어 있는지 확인해 보았다.

제아무리 몸이 몇천 개로 흩어져도 분명 소환석은 남아 있을 테니 표적을 그에 맞도록 고정시키면 작전은 성공이다.

전술 비행기를 타고 사라토프 상공을 부유하던 화수가 한 무리의 전차 대열 앞에 멈추어 섰다.

"찾았다."

수많은 전차들 사이로 아주 특이한 개체가 하나 보였는데, 그 개체의 주변에는 엄청난 숫자의 미사일이 달려 있었다.

전차에 미사일까지 달려 있다니, 꽤 오래 군에 있던 화수로서도 처음 보는 광경이다.

스스스스스!

투시 시야를 확대해서 바라보니 소환석 바로 아래에 몬스터 코어까지 보이는 것 같다.

그는 놈의 위치를 제이나에게 송출해 주었다.

"놈을 찾았다. 목표물의 위치는 찰리, 델타 545—***다."

—오케이, 달링!

제이나는 좌표의 계산, 사격 통제를 맡았는데 최첨단 시스템이 장착된 슈퍼컴퓨터로 작업을 진행하고 있었다.

그녀는 광학 장비가 가득한 차에 앉아 계산을 시작하였다.

삐비비비빅.

대략 15초 후, 제이나가 공군에게 좌표를 송출하였다.

—사각과 편각으로 제원을 하달하겠다.

—알겠다.

—편각 3156, 사각 마이너스 15. 비거리 85㎞, 풍향 남남서 3.1m/s.

—입감했다.

슈퍼컴퓨터는 좌표에서 제원을 산출한 후 최전방 관측을 맡은 화수가 실시간으로 좌표를 하달하면 변경된 제원과 원래의 제원을 비교하여 실시간으로 수정하게 된다.

한마디로 화수의 제원을 바탕으로 목표물을 추격하여 계산한다는 소리이다.

삐빅, 삐빅.

화수가 전달한 제원을 토대로 적의 이동 경로를 계속해서 추격하는 슈퍼컴퓨터에게 다시 한 번 제원이 하달되었다.

"수정한다. 찰리, 델라, 541—**1."

—입감, 변경된 제원으로 사격하라. 편각 3155, 사각 마이너스 12, 비거리 85, 풍향 남남서 3.2m/s.

—양호.

비거리가 80㎞나 넘는 사격의 경우엔 단 0.001㎜ 오차도 허용되지 않는다.

비록 유도미사일의 시스템이 일부 적용되긴 하지만 이것은 기본적으로 직사 화기와 비슷한 사격 방식이기 때문에 사격선이 거의 일정하다고 볼 수 있었다.

만약 사격에 손톱만큼의 오차가 있다면 추후 전혀 엉뚱한 곳에 탄착할 수도 있는 셈이다.

화수는 이제 슬슬 자신이 나설 차례라고 생각했다.

"강하한다."

—스탠바이.

잠시 후, 화수는 전술 비행기에서 점핑슈트를 입고 강하를 준비하였다.

위이이잉!

전술 비행기의 적재 칸이 열리면서 화수가 망설임 없이 강하 위치에 섰다.

—그린라이트, 그린라이트!

비행사의 신호에 따라서 화수가 강하를 시작하였다.

휘이이이잉!

그는 바람의 영향을 받으면서 보법으로 추진력을 더하였다.

파바밧, 퍼엉!

마치 부스터를 다리에 단 사람처럼 빠르게 낙하한 화수는 장법을 전개하였다.

"유화신일장!"

스스스스스스!

내공을 극성으로 전개시킨 화수의 장력이 바닥으로 떨어지기 직전, 그는 호신강기를 발동시켰다.

지이이잉!

그의 몸이 진동을 일으키면서 장력과 신형이 한 점을 향해 떨어져 내렸다.

쿠웅!

진기의 폭발이 일어나면서 주변에 후폭풍을 일으켰고, 몬스터를 싣고 있던 식양은 탱크 모양에서 다시 모래로 돌아가 버렸다.

콰과과광!

끼이이이잉!

"명중이다! 이제 곧 후속타를 준비해야 한다!"

―입감!

화수는 자신의 주변에 흩어져 있던 모래가 서서히 한 지점으로 모여드는 것을 볼 수 있었다.

크르르르르릉!

한 지점으로 모여든 모래는 이내 혼돈의 대가리로 변신하였다.

화수는 놈의 눈동자로 몸을 날렸다.

"천마폭렬장!"

스스스스, 콰앙!

전신에 있는 진기를 모두 폭발시킨 화수의 천마폭렬장이 혼돈의 눈에 작렬하였다.

크아아아앙!

괴로워하며 소리친 놈은 그 자리에 가만히 멈추어 서서 흩어져 있는 자신의 세력을 다시 집합시키기 시작하였다.

쐐에에에엥!

거대한 모래 폭풍이 밀려오고 있었지만 화수는 한 발자국도 물러설 수 없었다.

지금 그가 서 있는 이 자리가 최종적인 탄착점이 될 것이기 때문이다.

'놈, 오늘 아주 사생결단을 내자!'

화수는 내가권인 태극권의 건곤태일장을 준비하였다.

휘이이이잉!

건곤태일장은 한 지점으로 모이는 모래에 내상을 입힐 것이기 때문에 신체가 구성되기 전에 사용하기엔 제격인 무공이다.

하지만 그가 미처 생각하지 못한 것이 하나 있었다.

출렁!

건곤태일장을 친 화수는 자신이 권을 그대로 돌려받았다.

콰앙!

"허엇!"

간신히 장법을 피해낸 화수는 고개를 들어 놈의 얼굴을 바라보았다.

우우웅!

소환석에서부터 흘러나오는 방어막이 놈을 보호하고 있었기 때문에 세력이 운집되는 지금에선 그 어떤 공격도 소용이 없을 듯했다.

'그래, 어차피 기대도 하지 않고 있었다.'

화수는 되든 안 되든 놈의 몸을 계속해서 타격하였다.

"흐어어어어어업!"

다다다다다다!

쉬지 않고 극성으로 장법을 날리는 화수의 몸에서 점점 더 뜨거운 열기가 뿜어져 나오기 시작했다. 그리고 그 열기는 주변의 공기마저 태워 버릴 정도였다.

마치 기계처럼 장법을 뻗던 화수의 뇌리에 텔레파시가 날아들었다.

—@^#$&$&……!

인간의 언어로는 변환이 불가능한 말이지만 소통의 축복을 받은 화수는 이제 그것을 알아들을 수 있게 되었다.

화수는 지휘 구체의 능력을 발동시켜 혼돈의 심연에 접촉하였다.

끼이이이잉!

그는 혼돈의 머릿속에 있는 영상이 화수를 죽이고 모스크바를 점령하는 것임을 알 수 있었다.

잠시 후, 지휘 구체들이 하나둘 모여들면서 오크와 고블린들이 다시 세력을 운집시키게 되었다.

아마도 이곳에서 잠시 재정비한 후에 출발할 모양인 것 같다.

'지금이다.'

화수는 때가 되었다고 생각했다.

"발사."

그러자 엔트가 투석을 실시하였다.

끼리리리릭.

쿠오오오오오!

엔트의 손에 모여 있던 정령력이 유도미사일 투창에 그대로 전달되어 추진력을 만들어냈다.

스스스스스!

퍼엉!

시공간이 약간 뒤틀릴 정도로 강력한 힘을 받은 투창이 빠른 속도로 날기 시작하였다.

쐐에에에에에엥!

잠시 후, 엔트의 투창이 빛의 속도로 떨어져 혼돈의 머리에 틀어박혔다.

퍼억!

끄아아아아앙!

머리에 틀어박힌 투창 끝에서 엄청난 양의 전류가 흘러나왔고, 그것이 혼돈의 머리를 서서히 분리시키기 시작하였다.

화수는 전력을 다해 보법을 밟았다.

"흡성대법!"

전류를 뚫고 들어간 화수는 혼돈의 소환석을 흡수해 버렸다.

스스스스, 팟!

소환석을 빼앗긴 혼돈은 그대로 무너져 내렸고, 화수는 바닥에 떨어진 놈의 코어까지 흡수하였다.

슈가가가가각!

순간, 그의 몸에서 두 개의 기운이 충돌하며 미친 듯이 난동을 부리기 시작했다.

콰앙!

"쿨럭!"

아무래도 엄청난 크기의 기운을 한꺼번에 받아들여 약하게 주화입마의 문턱에 들어선 것 같았다.

바로 그때, 하늘에서 갑자기 한 인영이 뚝 떨어지더니 화수의 심장에 손을 찔러 넣었다.

푸욱!

"끄아아아악!"

"괜찮아요. 이제 곧 좋아질 겁니다. 두 개의 기운이 서로 싸우면 당신의 몸이 녹아서 없어지고 말 거예요."

니켈렌은 화수의 몸을 다시 한 번 정화해 주었고, 그가 두 개의 막대한 에너지를 온전히 흡수하게 도와주었다.

그는 화수를 바라보며 미소를 지었다.

"고생 많았습니다. 아무리 혼돈을 처리했다고 해도 소환석과 코어를 그 즉시 처분하지 못하면 세력은 다시 운집하게 되어 있습니다. 목숨을 걸고 그것을 흡수해 주신 덕분에 일이 잘 끝났어요."

"아닙니다. 해야 할 일을 했을 뿐인데요."

화수가 소환석을 흡수하자 그의 주변으로 엄청난 양의 식양이 몰려들었다.

고오오오오!

소용돌이는 이내 한 점으로 뭉쳐 화수의 오른쪽 발에 발찌의 형태로 붙었다.

니켈렌은 이것이 본래 지하 종족 소환마법의 일종이라고 설명했다.

"우리처럼 혼령이나 정령으로 소환하는 것이 아니라 마법으로 몬스터를 소환하는 그들은 항상 이렇게 팔찌나 발찌처럼 마구를 지니고 다니곤 합니다. 이렇게 하면 굳이 마나를 투여하지 않아도 술자와 소환물이 하나가 될 수 있지요."

"그렇군요."

"아무튼 일이 잘 끝났습니다. 식양과 하나가 되었으니 앞으로 놈들을 쓸 일이 생기면 명령만 내리면 됩니다."

화수는 그의 조언에 따라 식양을 움직여 보았다.

그가 손을 뻗어서 자신의 앞에 거대한 방패를 만든다고 생각하자 식양이 그것을 이루어주었다.

끼기기기기긱, 스륵!

"으음, 좋군! 이번엔 와일드코일을 첨가해 볼까?"

화수가 다시 손을 뻗자, 와일드코일이 방패 안으로 들어가 단단함과 화염의 내성을 더해주었다.

이제 화수는 와일드코일과 식양을 완벽하게 다룰 수 있게 된 것이다.

"마음에 드는군."

화수가 식양과 와일드코일을 다루는 방법에 대해 터득하고 나니 몬스터들이 하나둘 화수에게로 몰려들었다.

크룩, 크룩.

키헤엑.

혼돈이 길을 잃고 사라지자 그 코어를 흡수한 화수에게 지휘 구체와 몬스터들이 화수를 정신 지배자로 숭배하기 시작한 것이다.

그는 이놈들을 앞에 두고 깊은 고민에 빠졌다.

"흠, 이놈들을 어떻게 죽인다?"

"죽이지는 마십시오. 그래도 몬스터 역시 생명인데 만약 우리와 함께 살면서 인간에게 피해만 주지 않는다면 굳이 죽일 필요는 없지 않겠습니까?"

"그래도 만약 제가 잘못되기라도 한다면 큰일이 아닙니까?"

"그때는 저희들이 지휘 구체를 죽이고 떼를 와해시키겠습니다."

"으음."

화수는 수많은 몬스터를 바라보며 생각에 잠겼다.

몬스터는 분명 인류에게 해악이 되는 생명체이지만 지금은 그의 지배를 받을 수도 있는 상황이다.

그렇다면 이 많은 오크와 고블린들을 유용하게 써먹을 수도 있을 터였다.

"좋습니다. 살려두지요. 앞으로 인력이 필요한 곳이 있다면 곧장 파견하면서 부려먹어야겠습니다."

"그렇게 하시죠."

이제 화수를 따르는 부하가 꽤 많이 늘어나게 되었다.

*　　　*　　　*

혼돈이 최종적으로 소멸된 것으로 파악되고 난 후, 연합군의 S—11포격 작전은 취소되었다.

지금 당장 인류가 위험에 처한 것도 아닌데 굳이 수소폭탄을 터뜨려 북극해를 파괴할 필요가 없기 때문이다.

몬스터학회에서도 이러한 의견을 적극 수렴하여 S—11을 가까이서 연구하는 방향으로 정책 노선을 변경하게 되었다.

카미엘 스토니필드는 여전히 S—11을 없애는 것이 인류에 도움이 된다고 주장하고 있었지만 수소폭탄 투하에 대한 추가적인 주장은 할 수가 없었다.

그런 와중에 일명 괴물의 숲이라 불리게 된 레나강 중류의 엘프족 마을을 옹호하는 동영상이 유포되었다.

페어리들이 시위를 중재하는 과정에서 사용한 붉은색 번개는 다름 아닌 무작위 공간 이동 마법이었는데, 그에 맞아 공간이 이동된 사람들이 모두 가정으로 돌아온 것이다.

그 사람들의 증언과 함께 악의적으로 영상을 편집한 사람이 풀 버전의 시위 진압 영상을 인터넷에 유포시키면서 괴물의 숲이 사람을 죽인다는 의견은 사라지게 되었다.

앞으로 이곳 주변은 감시 영역으로 놓아두고 차근차근 연구를 해봐야 한다는 것이 몬스터협회의 입장이었다.

러시아 정부는 이제 이곳에 더 이상 군을 파견하지 않고 민간인의 출입만 엄격하게 통제하도록 정책을 짜놓았다.

이로써 S-11과 괴물의 숲을 없애려던 불손한 손길은 잠시 그 마수를 멈추게 되었다.

사건이 일단락되고 난 후, 화수는 중대원들을 모두 모아 성공을 자축하였다.

둔산동에 마련된 회식 장소에 야차 중대원과 지원 부서의 모든 사람이 모여 잔을 들었다.

"이번 작전도 꽤 힘든 부분이 많았던 것 같은데, 이렇게 성공적으로 끝마치게 되어 참으로 기쁩니다. 오늘은 제가 사는 것이니 많이들 드십시오."

"감사합니다."

"자, 그럼 건배!"

"건배!"

팅!

화수는 잔을 들어 술을 다 비워냈다.

꿀꺽, 꿀꺽!

"크흐, 좋다!"

"대장님, 이번에도 정말 대단한 작전을 펼치셨습니다. 감탄했습니다."

김태하가 옆으로 다가와 말을 걸자 화수는 멋쩍게 웃었다.

"모두 자네들이 있기에 가능한 작전 아니었겠나?"

"그래도 역시 지휘관은 아무나 하는 것이 아닙니다. 만약 대장님이 아니라 다른 지휘관이었다면 사건을 이렇게까지 끌고 올 수 없었을 겁니다."

"후후, 부끄럽군."

부대원들이 전부 술잔을 기울이고 있을 무렵, 술집에 최성수 대령이 들어섰다.

"모두들 잘 마시고 있나?"

"예, 대령님!"

"그래, 다행이군."

최성수는 화수에게 대령 계급장을 건넸다.

"받게. 자네, 다음 주 월요일부로 대령으로 진급하게 되었네. 앞으로 특수수렵본부를 잘 이끌어주게."

"…최선을 다해보겠습니다."

최지하는 최성수에게 은퇴 여부에 대해 물었다.

"영감님, 진짜 군에서 나가시는 겁니까?"

"완전히 떠나지는 못해. 나도 예비군에 속해 있으니까. 하지만 몬스터 수렵 고문으로 가끔 조언을 해주는 조건으로 예비군을 면제 받았어. 아마 가끔씩 자네들을 보러 오긴 하겠지. 물론 내가 죽기 전까지지만 말이야."

"……."

침울해진 분위기가 마음에 들지 않았지만 최성수는 어쩔 수 없다고 생각했다.

그는 웃음을 지었다.

"그래, 우울해질 수도 있다. 내가 자네들을 발굴해서 키웠으니까. 하지만 야차 중대는 누가 키운다고 해서 키워지는 것이 아니다. 나는 자네들이 진짜 야차이고 몬스터를 때려잡는 도깨비라고 생각한다. 앞으로 자네들과 같은 진짜 물건들을 배출시키고 내 뒤를 이어서 부디 좋은 일을 해주기를 바란다."

"예, 대령님!"

화수는 부동자세를 취했다.

"부대, 차렷!"

그가 부동자세를 취하자 모든 인원이 일어나 차렷 자세를 취하였다.

좌라락!

"최성수 대령님께 대하여 경례!"

"충성!"

최성수는 이들의 경례를 거수경례가 아닌 고개를 숙여 받았다.

화수는 물론이고 최성수, 그리고 모든 사람이 한동안 부동자세에서 벗어나지 못한 채 그대로 서 있었다.

외전
담배꽁초

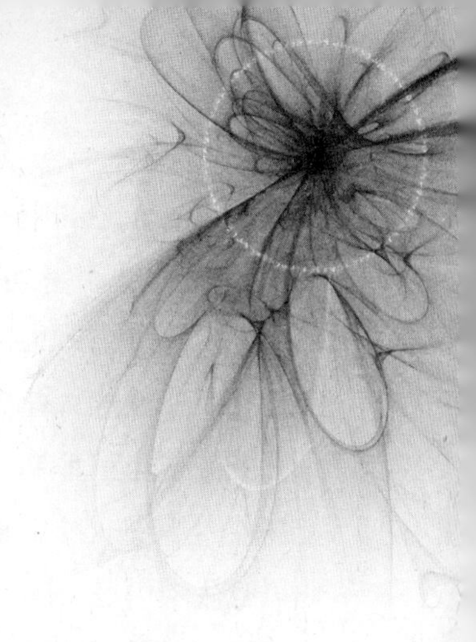

이른 아침, 화수의 차가 자택의 차고지를 빠져나오고 있다.

위이잉.

차고지 뚜껑이 열리면서 운전석에 앉아 있던 화수의 모습이 서서히 드러났다.

그런데 그의 표정이 썩 좋지가 못하다.

"…어떤 개자식이?"

화수네 집 차고지는 뚜껑이 접이식으로 열리는 구조인데, 어떤 비양심적인 놈들이 담배를 피우고 침을 덕지덕지 뱉어서 차고지 뚜껑을 도배해 놓은 것이다.

그 탓에 화수는 아침부터 차량 뚜껑과 앞 유리에 담뱃재 가득한 가래침을 맞고 말았다.

핸들을 잡은 그의 손이 부들부들 떨려온다.

“아침부터 이게 뭔 봉변이람? 어떤 빌어먹을 놈인지 잡히면 뼈와 살을 분리시켜 줄 테다!”

생각 같아선 지금 당장 CCTV를 돌려보고 싶었지만 꾹꾹 화를 참아낸 화수였다.

[6:51]

“시간이 촉박하니 그냥 넘어간다. 하지만 반드시 잡아서 족쳐주마.”

대충 워셔액과 와이퍼로 앞 유리를 닦은 화수는 급하게 갈 길을 서둘렀다.

오늘은 자운대에서 중요한 회의가 잡혀 있어 아침 식사 전까지 도착해야 하기에 시간이 촉박했다.

부아아아아앙!

화수가 가속페달을 밟아 집을 나서는데, 버스 정류장에 일렬로 늘어선 비행 청소년들이 보인다.

지족동 인근에 있는 두 고등학교 학생들이 뒤섞여 서 있었는데, 하나같이 입에 담배를 꼬나물고 있었다.

놈들은 정류장에 가래침을 뱉고 재를 아무렇게나 떨어대며 난리를 피우고 있었다.

'저 새끼들인가?'

원래 아무나 의심하는 성격은 아니다.

하지만 어린놈들이 버르장머리 없이 금연 구역에서 굴뚝을 피워대는 꼴이 영 심상치가 않았다.

하지만 지금 당장은 놈들을 족칠 시간이 없어서 그냥 지나가기로 한 화수다.

"이놈들, 며칠 두고 보겠다. 기회가 온다면 반드시 잡아서 족쳐주마."

그는 어쩔 수 없이 계속해서 가속페달을 밟으려 했으나, 도저히 지나칠 수 없는 일이 벌어지고 말았다.

화수가 그냥 지나치려는데 동네 버스 정류장으로 허리가 구부정한 노인이 다가와 학생들을 훈계하기 시작했다.

"…이놈들, 공공장소에서 이게 지금 뭐 하는 짓이냐?!"

"뭐요?"

"담배를 피우려거든 지정된 장소에서 피우든지, 그것도 아니라면 각자 재떨이를 가지고 다니든지 해야지 이게 지금 무슨 추태란 말이냐?!"

"큭큭, 할배, 노망났어? 지금 뭐라고 지껄이는 거야?"

"공공장소에서 지켜야 할 예절에 대해서 말하는 것 아니냐?! 그리고 이놈아, 보아하니 학생인 것 같은데 어느 학교 몇 학년 몇 반이야?! 학생이 버스 정류장에서 담배를 피우다니, 청소년으로서 할 짓이야?!"

"이 할배, 패기 좀 보소. 이보쇼, 내가 어느 학교를 다니던 할배가 무슨 상관인데?"

"왜 상관이 없나?! 네 선생이 얼마나 무책임하면 학생들이 이런 비행을 저지르고 다니는지 따져보려 한다!"

"…그런데 이 미친 노인네가?"

소년은 노인의 얼굴에 걸쭉한 침을 내뱉고 옷에 담뱃불을 튕겨 버렸다.

"퉤!"

치이이이익!

"으으으! 이놈, 뭐 하는 짓이냐?!"

"몸에 좋은 거야. 많이 처드쇼. 드시고 장수하쇼."

"낄낄낄!"

노인이 험한 꼴을 당하고 있었지만 동네 버스 정류장을 지나던 젊은이들조차 나서지 않았다.

화수는 차량을 급정거시키곤 차에서 내렸다.

끼이익!

그는 핸드폰을 꺼내 들어 회의실에 연락을 취하였다.

"김예린 대위, 오늘 회의를 한 10분쯤 늦출 수 있나?"

—무슨 일이시죠?

"사정은 가서 말하겠다."

—알겠습니다. 그렇게 하시죠.

부대에 사정을 전해놓은 화수는 정복의 넥타이를 풀어 헤쳤다.

휘릭!

넥타이를 너클처럼 감은 화수는 바드득 이를 갈았다.

"…다 뒈졌어."

그는 노인을 희롱하고 있는 소년의 머리를 발로 걷어차 버렸다.

빠악!

"크허억!"

"이런 버르장머리 없는 놈의 새끼를 보았나?"

"이, 이 미친 새끼가?!"

단 일격에 기절해 버린 소년의 친구들이 담뱃불을 바닥에 튕기며 화수에게 득달같이 달려들었다.

붕붕붕!

주먹과 발차기를 아무렇게나 휘두르는 놈들의 공격은 자운대 수렵 부대의 개새끼들조차 안 맞을 정도로 허술하기 짝이 없었다.

"죽고 싶어서 아주 고사를 지내는군."

화수는 가장 먼저 달려드는 소년의 머리를 손으로 잡곤 그대로 힘을 주어 밀어버렸다.

퍼억!

"어, 어어어!"

"노인을 공경하지 않은 벌을 달게 받을 줄 알아라!"

소년의 몸이 앞으로 밀리면서 한차례 병목현상을 빚은 비행 청소년들의 대열에 화수의 발차기가 날아들었다.

퍼버버버벅!

'칠풍천지!'

천마신공의 각법이 순식간에 30번의 발차기를 꽂아 넣어 소년들의 뼈마디를 시원하게 안마하였다.

다만 청소년의 입장에선 그 안마가 악마의 손길처럼 느껴졌을 뿐이다.

"으으으윽! 이런 개자식을 보았나?!"

"허억, 허억! 네놈, 아주 잘 걸렸다! 강화수 대령?! 흥! 내 윗선 형님들이 네놈을 잡아 족칠 것이다!"

"후후, 형님?"

"그래! 나는 대전 식장산파의 김우영 형님의 휘하다! 네놈, 아주 땅을 치며 후회할 날이 올 것이다!"

화수는 김우영이라는 이름을 머리에 깊이 새겼다.

"건달이라… 네놈들, 학생 깡패냐?"

"흥! 이제야 좀 정신이 드냐? 왜, 내가 깡패라 무섭냐?!"

"응, 너무 무서워서 바지에 오줌을 지릴 것 같군."

그는 학생들에게 명함을 몇 장 꺼내어 던졌다.

촤락!

"찾아와라. 아마 지금은 얻어맞아서 몇 시간쯤 걸어 다니기 힘들 테니 네 형님인지 뭔지에게 명함을 건네봐. 혹시 아나? 네 복수를 해줄지."

"당연하다! 형님이 복수를 해줄 것이다! 그뿐이겠냐? 네 직장은 오늘 아주 난리를 치르게 될 거다!"

"그래, 그렇겠지."

화수는 바닥에 주저앉아 있는 노인을 부축해서 일으켰다.

"괜찮으십니까?"

"…자네야말로 괜찮겠어? 저놈의 부모들과 깡패 자식들이 가만있지 않을 텐데?"

"괜찮습니다. 지금은 일단 타시죠. 댁까지 모셔다 드리겠습니다."

"끄응, 그럴 수는 없지. 나도 직장이 있거든."

"그럼 직장까지 가시죠."

"침이 범벅인데 괜찮겠어?"

"뭐 어떻습니까? 일단 가시지요. 저 꼴을 더 보고 있다간 화가 머리끝까지 치밀어 오르겠습니다."

"그래, 그러세나."

"그나저나 직장이 어디십니까?"

"미성일보 근처일세."

"마침 가는 길 근처군요. 함께 가시죠."

"고맙네."

화수는 발길질에 얻어맞아 자리에서 일어서지 못하는 학생들을 경찰에 신고해 두고 자리를 떠났다.

* * *

아침나절에 있던 사정을 전해 들은 부대원과 상급부대장들은 대번에 고개를 끄덕였다.

"그런 사정이 있었군."

"죄송하게 되었습니다. 워낙 노인을 막 대하는 놈들이라 제가 가만히 있었으면 무슨 일이 벌어졌을지 모릅니다."

"국민의 생명과 재산을 지키는 군인으로서 책무를 다한 것이니 회의가 좀 늦어졌다고 문제 삼지는 않겠네."

"감사합니다."

화수는 대략 한 시간쯤 회의를 한 후 마무리를 지었다.

회의를 마치고 돌아서던 화수에게 김예린이 드물게 농을 쳤다.

"그 김우영이라는 놈이 진짜 자운대를 찾아와 깽판을 치는 것 아닙니까?"

"뭐라?"

"그 학생이 한 소리가 너무 황당해서 드리는 말씀입니다. 건달이라니, 어찌 보면 귀엽군요."

"요즘 학생들은 개념을 도대체 어디로 팔아먹는 것인지 아주 심각하더군."

가뜩이나 화가 치밀어 올라 견딜 수 없는데 김우영이라는 이름을 듣고 있자니 화가 거꾸로 솟는 화수다.

"후우, 머리가 아프군."

"일단 중대 본부로 돌아가시죠."

"그러자고."

화수가 중대 본부로 돌아가려는데 자운대 수렵 사령부 회의실이 열리며 한 무리의 중년들이 들이닥쳤다.

쾅!

"강화수 대령인가 나발인가가 누구야?!"

"……?"

화수가 크게 소리치는 사람들을 바라보았다.

"옳지, 당신이 강화수 대령이야?!"

"그런데 무슨 일이시죠?"

"아침부터 남의 자식들을 밟아놓았으면 염치가 있어야지,

뭐가 어째?! 무슨 일이시죠? 당신, 내가 누군 줄 알아?!"

화수가 고개를 갸웃거렸다.

"누구신데요?"

"내가 대전시장의 처남이야! 어제도 같이 밥 먹고 다 했어! 알아?!"

"그걸 내가 어찌 압니까?!"

노발대발하는 중년을 바라보며 화수가 소리쳤다.

"이봐, 초병!"

"예, 예!"

"누가 이런 쓰레기를 부대로 들이라고 했나? 뺑뺑이 좀 돌고 싶어?"

"아, 아닙니다!"

"그게 아니라면 이 쓰레기들을 당장 내 눈앞에서 치워."

"예, 알겠습니다!"

초병들이 중년들을 깡그리 수거해 나가는데, 그들의 저항이 만만치가 않았다.

"이 새끼, 넌 오늘 죽었어! 경찰서에서 한번 보자고!"

"그럽시다."

중년들이 한바탕 난리를 치고 나니 화수의 핸드폰이 울린다.

따르르르르릉!

"예, 강화수입니다."

—당신이 강화수 대령입니까?

"네, 그렇습니다만?"

—이봐요, 강화수 씨. 우리 학교의 학생들을 이렇게 묵사발로 만들어놓고 지금 출근해서 일이 손에 잡힙니까? 당신이 쥐어 팬 학생들, 얼굴이 아주 가관입니다. 아세요?

"알아요. 그러라고 팬 것이니까."

—알고도 팼다? 좋습니다. 그럼 우리 학교에서도 가만있을 수는 없겠군요.

"가만히 안 있으면 어쩌실 건데요?"

—경찰서에서 봅시다!

"허 참. 뭐, 그럽시다."

전화를 끊은 화수는 실소를 흘렸다.

"후, 후후후, 후후후, 학부형이나 담임이나 그놈이 그놈이군."

"법무팀을 준비시킬까요?"

"아니, 괜찮아. 그럴 가치도 없다."

"아무리 그래도 학생들을 쥐어 팬 것은 사실이니 법적인 책임을 물어야 할 겁니다."

"만약 그렇다면 책임을 물어야지. 나도 이 나라의 시민이니까."

화수는 당장 대전 북부 경찰서로 향했다.

*　　　*　　　*

대전 북부 경찰서 형사계를 찾은 화수는 형사들과 학부형, 학생, 선생 등의 질타를 받고 있다.

"이런 막무가내 막가파를 보았나?! 당신, 이러고도 무사할 줄 알아?!"

"……."

"강화수 씨, 학생들은 왜 팼어요? 이러라고 대령 계급장 단 것은 아닐 텐데요?"

"그래요. 분명 학생을 패려고 단 계급장은 아니죠."

"후우, 아무튼 자신의 혐의를 인정한다는 것이죠?"

"네, 그렇습니다."

열이 받은 어느 한 학부형이 화수의 머리채를 휘어잡았다.

턱!

"이놈, 오늘 너 죽고 나 죽자!"

"어허, 아버님, 이러지 마십시오. 법대로 하세요, 법대로!"

"법이고 나발이고 오늘 끝장을 좀 보자고!"

"……."

화수가 머리채를 잡혀 이리저리 휘둘리는 모습을 보는 학생들의 얼굴에 웃음기가 가득하다.

"큭큭, 꼴좋다!"

"저놈, 오늘 끝나고 형님께 말해서 린치를 좀 하자고. 어때?"

"좋지!"

가만히 머리채를 잡혀주던 화수의 뒤로 한 무리의 사내들이 밀려들어 왔다.

쾅!

경찰서 문이 열리면서 들이닥친 사내들은 하나같이 카메라 셔터를 누르고 있었다.

찰칵, 찰칵!

"뭐, 뭐야?"

"찍어! 특히 머리채 잡은 저 광경을 똑바로 찍으라고!"

카메라를 들이대는 사람들은 다름 아닌 미성일보의 기자들이었다.

미성일보는 대전에 본사를 둔 회사로, 대한민국 전 지역에 걸쳐 자회사를 둔 광역대 언론사였다.

아마 지금 이렇게 사진을 찍어 내일쯤 기사로 쏟아내면 인터넷 포털이 도배될 것이다.

미성일보의 기자들을 바라보는 형사들의 표정이 썩 좋지가 못하다.

"기자님들, 이게 지금 뭐 하는 겁니까? 지나가는 사람들이 다 보잖아요!"

"우리는 제보를 받고 취재하러 나왔을 뿐입니다. 공공장소에서 담배를 피우다가 노인을 폭행하고 오물을 투척한 것으로도 모자라 욕설까지 퍼부었다는데, 경찰은 정작 그 소년들을 제압한 청년을 나무라고 있군요."

"……?"

잠시 후, 기자들 사이로 한 중후한 노인이 걸어나왔다.

"여기 참고인 겸 피해자입니다."

"미성일보 진미성 회장?!"

회장이 직접 경찰서에 출두하니 그 휘하에 있던 부장들이 죄다 카메라를 들고 뛰쳐나온 것이다.

아마 내일 아침쯤이면 이 학생들은 패륜아로 낙인찍힐 것이고 경찰들은 직무 유기로 정직을 당할 것이 분명했다.

그럼에도 불구하고 아직까지 학부형들은 정신을 못 차리고 날뛰고 있었다.

"우리 매형이 대전시장이야! 너희들, 다 죽었어!"

"그래, 군인이 시민을 폭행한 것이 잘한 짓이냐?! 한번 따져보자!"

"끝까지 말썽이군."

카메라 셔터가 찰칵거리는 가운데 아까부터 대전시장의 처남이라는 사람은 계속해서 고래고래 소리를 질러댔다.

"오늘 아주 끝까지 가보자! 네놈들, 다 옷 벗을 각오들 해라! 앙?! 알겠어?!"

"아들 교육을 시키는 아비가 저 모양이니……."

미성일보 기자들은 오늘의 이 현장을 모두 카메라에 담았고, 화수와 진미성 회장은 성실하게 경찰 조사에 임하였다.

*　　　*　　　*

다음 날, 인터넷은 한바탕 난리가 났다.

대한민국의 국영방송은 버스 정류장 CCTV에 녹화되어 있는 영상을 뉴스에 공개하고 아침부터 노인을 폭행한 학생들의 만행을 온 천하에 공개하였다.

인터넷 포털 사이트는 이 소식을 인터넷 신문 제1면에 실었고, 실시간 검색어 1위부터 5위까지를 대전 노인 폭행으로 도배하였다.

더군다나 대전시장의 지인으로 보이는 한 중년의 고성방가까지 영상에 실리면서 대전시청은 정면으로 타격을 입을 수밖에 없었다.

결국 이 일은 경찰에서 검찰로 넘어갔는데, 학생들을 가해자로 하는 사건 수사가 진행될 예정이다.

바로 몇 시간 전까지만 해도 화수의 머리채를 잡고 흔들던 학부형들은 이제 반대로 가해자의 부모가 되어 화수를 찾아왔다.

"저……."

"저는 할 말 없습니다. 경찰서에서 말했듯이 생명에 위협을 받는 노인을 구한 것이고 그 과정에서 두 차례 자기방어가 성립했습니다. 그것은 CCTV에도 나와 있지요."

"에이, 잘 알지! 하지만 아직 어린아이들인데……."

"어린아이들이 담배를 피우고 노인에게 저렇게 막말을 하고 폭행을 일삼습니까?"

"좋은 것이 좋은 것 아니오?"

그는 화수에게 흰색 봉투를 건넸으나 화수는 그것을 매몰차게 거절했다.

"뇌물 공여까지 추가하고 싶어요?"

자운 화학까지 찾아와 사건을 없던 일로 해달라며 비는 그들을 보고 있자니 열통이 터지는 화수였다.

그런 그의 앞에 뜻밖의 인물이 찾아왔다.

"…처남!"

"매, 매형?!"

대전시장 염홍만은 자신의 처남을 보자마자 따귀를 한 대

올려붙였다.

짜악!

"허, 허억?!"

"이런 미친! 그러고도 네가 내 처남이냐?!"

"왜, 왜 이러세요?"

"왜 이러세요? 네놈이 지금 무슨 짓을 저지른 것인지 보고도 그런 소리가 나와?!"

염홍만은 석간신문 1면을 떡하니 장식하고 있는 자신의 이름과 처남의 얼굴을 똑똑히 보여주었다.

"자, 이젠 어떻게 할 거야?! 국정감사도 얼마 남지 않았는데 이게 뭐 하는 짓이냐고?!"

"그, 그게……."

"검찰청에서 지금 수사를 나온다고 난리야! 자네, 검찰이 시청 한번 훑고 가면 어떻게 되는지 몰라서 이래?!"

"…죄송합니다! 제가 좀 흥분해서……."

"이런 미친, 지금 그게 할 소리야?! 학생들 폭행한 것은 정당방위로 끝날 모양이고, 자네의 아들은 폭행죄로 기소될 예정이야! 도대체 애 교육을 어떻게 시킨 거야?!"

"……."

"아주 잘하는 짓이다! 학부형이라는 작자가 앞뒤 안 가리고 사람 머리채나 휘어잡고 말이야!"

"죄, 죄송해요, 매형! 정말……."

"시끄러워. 자네와 나는 앞으로 모르는 사람이야."

염홍만은 화수에게 깊이 고개를 숙여 사죄하였다.

"죄송합니다! 처남이 아주 개차반이라서 조카가 미친놈처럼 날뛰고 다니는 모양입니다. 부디 선처해 주신다면 이 은혜는 결코 잊지 않겠습니다."

"제가 선처를 한다고 해서 달라질 것이 있겠습니까? 그저 성실하게 경찰 조사에 임할 뿐이지요."

"거듭 사죄드립니다! 한 번만 봐주십시오!"

염홍만이 처남의 어깨를 눌러 함께 무릎을 꿇도록 했다.

"꿇어, 이 멍청한 자식아!"

"네, 네! 죄송합니다! 다시는 이러지 않겠습니다!"

"좋습니다. 그럼 댁의 자녀들에게 노인 의료 기관에서 무료 봉사 일주일을 명령하십시오. 이 정도면 피해자께서도 흡족해 하시겠지요."

"안 그래도 진미성 회장님께서도 같은 말씀을 하셨습니다."

"잘되었군요."

"아무튼 다시는 이런 불미스러운 상황 만들지 않도록 노력하겠습니다! 죄송합니다!"

"별말씀을요."

한차례 폭풍이 몰려온 후, 공식적인 사건은 이로써 일단락 되었다.

* * *

그날 오후, 자운 화학 앞으로 네 명의 건달이 찾아왔다.

쾅!

"강화수가 누구야?! 어서 안 나와?!"

쇠파이프를 들고 자운 화학 주차장 앞을 지키고 있는 그들에게 임희성이 다가가 말을 걸었다.

"이건 또 뭐야? 어이, 남의 사업장에서 지금 뭐 하는 짓이냐? 모가지 따이고 싶어?"

"이 새끼, 네놈은 또 뭐야? 강화수의 똘마니냐?"

임희성은 자신보다 한참이나 어린 건달들을 바라보며 피식 웃었다.

"후후, 그래, 내가 강화수 사장님의 똘마니다. 우리 큰형님께 무슨 볼일이 있어서 찾아온 것이냐?"

"오냐, 잘되었구나! 이놈부터 족치면 대가리가 나오겠군! 감히 우리 식구를 건드리고도 멀쩡히 돌아다닐 생각을 해?!"

"크큭, 식구라니? 아하, 그 꼬맹이들?"

"그렇다!"

"아무래도 이놈들이 아직도 건달 놀이에 빠져 있는 것 같구나. 네놈들이 식장파라고 했나?"

"흥, 뭣도 모르는 놈이 조직의 대명은 알아먹는구나! 건방진 놈!"

"식장파라… 보스의 이름이 뭐였더라? 박정태였나? 아닌가? 전화를 한 통 해봐야겠군."

"……?"

임희성은 대뜸 조직의 이름을 팔아먹는 저놈에게 본때를 보여줘야겠다고 생각했다.

잠시 후, 식장파 박정태의 전화기에 임희성의 전화가 연결되었다.

"어이, 박정태."

—…넙치파?

"아직도 살아 있나? 폐기 처분되어서 대전으로 내려온 지 좀 된 것 같은데."

—어쩐 일이냐?

"웬 똘마니가 찾아와 우리 큰형님 욕을 하면서 사업장에서 행패를 부리고 있다. 어떻게 생각하냐?"

—뭐가 어째?

"큭큭, 아주 기가 막히는군. 도대체 조직원 교육을 어떻게 시키면 이런 개소리를 지껄일 수 있는 거지?"

박정태는 아주 오래전에 넙치파와 이권 다툼을 벌였다가 처참하게 패배하고 대전에 틀어박힌 패배자였다.

대전 바닥에선 꽤 유명한 얼굴이지만 전국구로 따진다면 군소 조직에 불과했다.

그는 당장 조직에 전화를 돌려 범인을 찾아냈다.

따르르르릉!

"예, 형님! 김우영입니다!"

—이런 개자식이 미쳤나? 도대체 넙치파는 왜 찾아간 거야?! 일부로 우리 조직을 망하게 하려고 작정한 것이냐?!

"아, 아니요, 그건……."

—미친놈아, 그럼 어서 안 튀어와?! 조직이 망하는 꼴 보고 싶어?!

"죄, 죄송합니다!"

임희성은 전화기 너머로 목소리가 들리도록 크게 소리쳤다.

"오는 것은 마음대로이지만 가는 것은 마음대로 못 하지. 무릎 꿇고 대가리를 땅에 찧어라! 운이 좋다면 전쟁은 일어나지 않겠군."

쿵쿵쿵!

"죄송합니다! 몰라 뵙고 이런 일을……."

"어린놈들이 천지 분간 못하긴… 네놈들, 큰형님께 까불었던 그놈들을 정리하지 못하면 내일부터 당장 전쟁이다. 아마 이번에는 야쿠자까지 끼어서 그렇게 호락호락하지 않을 것이다. 아주 머리가 아플 것이야."

"당장 정리하겠습니다! 한 번만 봐주십시오!"

"크큭, 그래. 다음에 또 보자고."

"예!"

임희성은 고개를 가로저었다.

"아직도 저런 미친놈들이 다 있다니, 건달계에서 발을 뺀 것은 잘한 일인 것 같아."

그는 어슬렁어슬렁 걸어서 다시 회사 안으로 들어갔다.

* * *

이른 아침, 화수의 차가 버스 정류장을 지나고 있다.

부르르릉!

천천히 지나가던 화수의 차량이 정류장을 청소하고 있는 학생들과 그 담임 앞에 멈추어 섰다.

"안녕하십니까? 이제 출근하십니까?"

"……?"

"일전엔 죄송하게 되었습니다! 제가 교직에 몸담은 지 얼마 되지 않아서 그만……."

"뭐, 괜찮습니다. 일보세요."

"네."

시장에게 돌아갔던 타격은 그 곱절이 되어 가해 청소년들의 담임에게로 돌아오고 말았다.

그는 지금 학교에서 잘리기 일보 직전으로, 어떻게 해서든 사건을 수습하려 애를 쓰는 중이었다.

학생들이 퉁퉁 부은 얼굴로 청소를 하고 있었다.

그것을 감독하고 함께 힘을 쓰는 일은 모두 살아남기 위한 발악이었다.

일이야 어찌 되었든 간에 비행 청소년들이 정신을 차렸기를 바라는 화수이다.

그런 그에게 진미성의 모습이 보인다.

"강화수 대령, 이제 출근하는가?"

"예, 어르신."

"허허, 자네 덕분에 아주 정류장이 깔끔해졌어."

"어르신이 정리해 주신 덕분이지요."

"오늘 시간 괜찮다면 식사나 함께 하지. 내가 대접하겠네."

"대접이라니요, 당치도 않습니다."

"하하, 대접이라곤 해도 그리 거창한 것은 아닐세. 그냥 간단하게 반주나 한잔하자는 것이지."

"그럼 좋습니다. 오늘 일이 끝나면 곧장 연락드리겠습니다."

"그러세나."

화수는 뜻밖의 언론계 인맥이 생기게 되었다.

『현대 천마록』 5권에 계속…